Zufallswege

Zu diesem Buch

Manchmal sind die Erinnerungen anders, als die Ereignisse in Wirklichkeit waren. Und manchmal führen unsere Spuren zurück in eine andere Richtung, als beabsichtigt war. Und wir werden nie wissen, wie es gewesen wäre, wenn wir die eine oder die andere der vielen Abzweigungen gewählt hätten.
Es gibt einen großen Unterschied zwischen Vorhersage und Prophetie...

Wahre und verzerrte Geschichten von Verlust, Hoffnung, Traurigkeit, Optimismus, Liebe, Unsicherheit, Zuwendung, Freude und Erfüllung.

♡

Irene Lajtonyi
Zufallswege

Roman

ISBN: 9798733829289

Für meine Schwester ♡ Lisa,
unersetzliche Freundin meines Lebens

LENA & EDUARD

„Vielleicht kann man ihn retten…"

Lenas Blick richtete sich nicht an uns, sondern zum Boden. Das lichtgedämpfte Wohnzimmer war gefüllt von Stille, Trauer, Bedrückung. War der Schuss eine Kurzschlusshandlung? Es war ein Sonntag im Mai 1971.

Bis dahin war das Fundament unter meinen 13-jährigen Füßen robust, und vor allem solide. Das große Erdbeben 1960 (ich war gerade mal zwei) sollte mir vielleicht einen Hinweis auf bevorstehende Launen des Lebens sein, aber darin war ich definitiv noch nicht eingeweiht. Niemals habe ich erlebt, dass meine Eltern sich stritten. Ich wuchs mit meiner zwei Jahre älteren Schwester Lisa in einem Bündnis voller Optimismus und umsichtiger Beständigkeit auf, unter einem Giebel der Harmonie. Das Glück meiner Eltern lag an der sich gegenseitig unausgesprochenen Zuverlässigkeit. Und an den Zwischenräumen, die sie in ihrer Zweisamkeit respektierten. Streit war mir unbekannt. Laut wurde es nur, wenn Samu, mein Papá, Witze erzählte. Er war ein geistreicher Mensch. Klug schöpferisch erheiterte dieser Ungar seinen gesamten Lebenskreis. Sein Humor war ansteckend und manchmal konnte er seine Witze gar nicht zu Ende führen, da er sich schon – vor der Pointe – selbst seinem eigenen Gelächter ergeben musste.

Der Sonntag im Mai 1971 desorientierte radikal alle Gedanken.

Philippe Djian fragt in seinem Buch ‚Betty Blue':

„Warum sind wir immer die Wurzel all unserer Übel?"
Seitdem ich diese Frage gelesen habe, begleitet sie mich.
Und ja, vielleicht verantworten wir selbst den einen oder
anderen Missstand, in welchen wir geraten. Aber manch-
mal – oftmals – können wir nichts für das Leid oder den
Kummer, den wir ertragen sollen.

Der Abschiedsbrief:

> *Meine liebe, liebe Lena, liebe Kinder!*
> *Ich bin am Ende.*
> *Meine Schmerzen lassen mich nicht in Frieden*
> *und meine Nerven machen nicht mehr mit.*
> *Einen letzten Gruß von mir.*

Das waren ent- und beschlossen gefasste Worte meines
Großvaters Eduard.

Jeden Tag machte er nach dem Mittagessen eine Siesta in
seinem Schlafzimmer des oberen Geschosses. Gegen 15
Uhr ließ er sich prinzipiell einen Kaffee von Raquel, der
Hauswirtschafterin, hochbringen. An diesem Sonntag
nicht. Ich sah ihn quer über den Patio behäbig zum
Carport gehen. Er nahm etwas aus seiner ‚camioneta‘,
dem Ford Pick-up, und (ver-) steckte es unter dem
dunkelbraun-gestreiften Morgenmantel. Ungewöhnlich
war an diesem Tag, dass er über die Küchentür wieder
rein kam um durch das Nähzimmer in das Foyer zu
gehen, wo ich am Fuß der grandiosen Holztreppe des
Gutshauses meiner Großeltern stand. Er gab mir wortlos
einen Kuss auf die Stirn, und ging wieder hoch. Seine
Schlafzimmertür fiel ins Schloss und kurz danach er-
schrak ich durch einen durchdringend dumpfen Knall.
Den Schuss einer Waffe hatte ich noch nie gehört, so

dass mir die Tragik des Geschehens zuallererst nicht klar war.

Das Badezimmer, welches eine Verbindung zwischen seinem und Lenas Schlafzimmer war, hatte er vorsorglich abgeschlossen, damit sie – meine Großmutter – ihn nicht allein vorfindet. Beide Schlafzimmer hatten eine Tür zum Flur des Obergeschoss-Traktes, wo sich weitere Schlafzimmer befanden. Auch meine Eltern hielten gerne am Wochenende, welches wir üblicherweise auf dem Gut ‚Rancho La Paz‘ verbrachten, eine Siesta. Lena war klar, dass etwas schreckliches passiert sein musste, also rief sie meine Mutter in den Flur und bat sie beim Großvater nachzuschauen.

Viele Jahre später sagte mir meine Mutter, dass sie das tropfende Blut auf dem Parkett immer noch hören würde. Ganz abgesehen von dem Anblick ihres erschossenen Vaters im Bett.

Da die Straßen nach Rancho La Paz ab der Route der Panamericana nicht asphaltiert waren, dauerte es, bis ein Arzt im Haus war. Die Diagnose lautete ‚Tod‘.

Großvater Eduard war krank. Er litt unter Brucellose, einer bakteriellen Infektion, die er sich bei den Rindern auf der Farm eingefangen hatte. Es gab zu der Zeit noch keine Antibiotika, sodass man ihn mit Sulfaten behandelte, doch er konnte sich von der Krankheit nie befreien. Mehrfache Eingriffe brachten immer nur kurzfristige Linderung. Auch die letzte Operation 1958 in Basel brachte nicht den erhofften Erfolg.
Er sollte aber noch ausharren, so zumindest bestimmte es das Schicksal.

Für den Rückflug Schweiz - Chile beschlossen die Großeltern wegen der frischen OP einen Aufenthalt von 4
Ruhetagen in Lissabon einzulegen. Am Rückflugtag
erfuhren sie am Flughafen, dass die Lufthansa aufgrund
Witterung entschieden hatte, die in Lissabon geplante
Zwischenlandung auf Dakar umzulegen. Die Passagiere
wurden auf Aerolineas Argentinas umgebucht, was ihnen
gar nicht so zusagte. Aber genau damit mischte sich das
Schicksal in das Leben meiner Großeltern: Das Flugzeug
der Lufthansa verunglückte beim Landeanflug in Rio de
Janeiro. Sämtliche Passagiere starben.

In der chilenischen Zeitung ‚El Mercurio' erschien am
13.01.1959 folgender Kurzbericht:

Lissabon. 12. (UPI). ---
Bei der Katastrophe der Lufthansa-Maschine, die gestern in Rio
de Janeiro abstürzte, brannte, und 36 Menschen tötete, blieben
zwei Chilenen durch ihr Nichterscheinen verschont, weil die
Fluggesellschaft angesichts des schlechten Wetters beschloss, ihre
Zwischenlandung in Lissabon zu ignorieren.
Ein Lufthansa-Sprecher sagte heute, die Entscheidung sei
getroffen worden, bevor das Flugzeug Paris verlassen habe, ohne
dass Passagiere nach Lissabon geflogen seien. Vier Personen
sollten hier das Flugzeug nehmen, aber zwei von ihnen hatten nur
ein Ticket nach Dakar. Der Sprecher sagte, die beiden Chilenen
wollten nach Santiago reisen, weigerten sich aber, ihre Namen
preiszugeben. Später teilte das Unternehmen jedoch mit, dass das
Ehepaar Sturm auf dem Weg nach Santiago sei.

Da Großvater so offensichtlich vom Tod verschont
blieb, ist für mich sein Entschluss, das Leben 12 Jahre
später selbst zu beenden, bis heute beklemmend para-
dox. Sein viel zu kurzer und emotional schlichter
Abschiedsbrief im damaligen Telegrammstil lässt vermu-

ten, dass Großvater Eduard müde war. Müde der Schmerzen, entkräftet der Aussichtslosigkeit.

Eduard Sturm, mein Großvater, war 1906 auf dem Rittergut Pinia in Ostpreußen als dritter Sohn von Alexander Sturm geboren. Er ging in die Volksschule, später ins Gymnasium und begann mit 18 als Landwirt zu arbeiten. Als er 23 war, ergab sich ihm und einem Freund die Möglichkeit Zuchtbullen per Frachter nach Chile zu begleiten, bzw. zu transportieren. Genau auf diesem Dampfer befand sich Lena Bergbrunn, 16 Jahre jung, mit Ihren Eltern und Geschwistern nach einem mehrwöchigen Aufenthalt in Hessen, auf der Heimreise von Hamburg über die Magellanstraße nach Valparaiso.

Eduard und Lena verliebten sich an Bord. Es waren Wochen voller Aufregung, Abenteuer, Romanze und Leidenschaft. Eduard beschloss resolut – nach Auslieferung der Zuchtbullen – in Chile zu bleiben und heiratete drei Jahre später mit 26 seine inzwischen 19-jährige Lena.

Als Kind dachte ich, meine Großeltern hätten einen Pakt der Verbindlichkeit geschlossen. Opa Eduard war sehr ernst, Oma Lena sehr still. Ich kann mich allerdings auch an wilde Klaviertöne und lautes Gelächter erinnern, wenn Gäste da waren. Ich entsinne mich an den Sonntags-Spießbraten, an die Köchin Raquel mit ihrer perfekt steifgebügelten weißen Schürze, an unser Puppenhäuschen hinter der Laube, an die Eismaschine, die wir sieben Enkelkinder stundenlang rühren durften, an die drei schwanzgestutzten Cocker Spaniel im Hof, an den Hausmeister und Schreiner Sandro, an die Schablonen um die Mehlsäcke zu beschriften, an das Scheren der Schafe, usw. Mein Kopf ist randvoll ungeordnet mit geschützten

Aufzeichnungen unbekümmerter Momente aus dieser Zeit ausgestattet, und ich wusste nicht einmal, dass wir – alle zusammen – dabei waren unsere eigenen Erinnerungen zu schnitzen. Und ich war zufällig ein Teil dieser unbefangenen Gemeinschaft in Folge.

Die Ehe hielt 38 Jahre. Beendet durch Suizid. Sie hatten drei Töchter. Die älteste war Maya, meine Mutter.

Zurück zum Sonntag im Mai. Ein Sonntag der Umstellung, der Anfang eines Umbruchs. Für alle hatte sich innerhalb einer Sekunde ein Eingriff im Dasein ergeben, das – wie wir alle erst später begriffen, nicht selbstbestimmt – der Wendepunkt unseres Weges war.

Die benebelte Stimmung zog sich bis zum Abend hin. Blicke aus verneinenden Köpfen waren verschleiert, verwirrt, teilweise starr. Die jetzige Situation intellektuell zu erfassen war nicht das Dilemma. Die Störung lag in der Unerfahrenheit solch ein Geschehen zu verstehen! Die Wunde der traumatischen Erfahrung war frisch, folglich konnte sie noch keiner verstehen, geschweige denn überwinden. Wir saßen zusammen um den Wohnzimmertisch, passiv, wie in einem Wartezimmer, ohne zu wissen, worauf wir warteten. Ich hörte meine Schwester mit heruntergelassenem Kinn – leise für sich – den Großvater nennen. Samu nahm sie behutsam in den Arm.

Wir erlebten gerade, wie alle Werte, die wir für unerschütterlich gehalten hatten, innerhalb eines Augenblicks ins Wanken geraten konnten. Nichts, nichts würde je wieder so sein, wie es war. Heute denke ich dieser Sonntag im Mai trug irreversibel zum Ende unserer

Leichtigkeit bei, abseits unserer gewohnten Behaglichkeit.

Das Leben läuft nicht nach Plan.

Abgesehen von permanenten Vulkanausbrüchen, Tsunamis und Erdbeben, die den steten Aufbau zertrümmerter Existenzen erforderte, katapultierte sich unser Land selbstverschuldet – aufgrund einer verfassungsrechtlichen Regelung, mit ca. 36% der Stimmen – aus einer Demokratie in eine sozialistische Führung. Zum ersten Mal in der Geschichte wurde ein marxistischer Regierungschef demokratisch legitimiert. Die folgenden Monate wurden geprägt von Unsicherheiten und Krisen. Banken wurden verstaatlicht, ausländische Großunternehmen entprivatisiert, und die neue Agrarreform sorgte für Enteignung von Grundbesitz.

Rancho La Paz, das Gut und das Zuhause von Lena & Eduard, war auch betroffen. Die künftigen Enteignungen wurden bereits vor Großvaters Tod beschlossen und verkündet, so dass auch diese zu überwindende bevorstehende Wende seinen Entschluss, sich selbst aus dem Leben zu entlassen, sicherlich und zweifellos bekräftigt hat.

Lena zog vom Land in die Stadt. Allein mochte sie in dem leeren großen Haus, an dem eine Tragödie haftete, nicht mehr aufwachen. Durch das Drama verlor sie nicht nur ihren Ehemann. Sie verlor den Pfeiler ihrer Anlehnungen, den geliebten Begleiter, den sie – seit der Begegnung auf dem Frachter – als Verbündeten bewunderte. Sie würde nie wieder Eduards Stimme hören, ihm nie wieder nachschauen können, wenn er losfuhr, um zu sehen, ob ein Puma in eine der Fallen getappt war, oder ein Zaun defekt war, oder sich ein Schaf in den wildwachsenden Brombeeren verhangen hatte. Sie würde nie wieder den Geruch riechen, der von kubanischen Zigarren minimal aus dem Büro in das Foyer strömte, während er mit Samu und Onkel Jules Skat spielte.

Meine Großmutter war eine kultivierte Frau, die bereits als 40-Jährige die Stolpersteine des Lebens durch einen plötzlichen Verlust erfuhr, nämlich als ihr Bruder durch einen tragischen Autounfall ums Leben kam. Allerdings war Eduards Freitod die dunkelste Beigabe ihrer Vita. Lena war 19 als sie die Ehe mit ihm einging, 39 Jahre verheiratet und 37 Jahre Witwe.

Die Älteste ihrer drei Töchter ist meine Mutter Maya. Samu glaubte endlich angekommen zu sein, als er sie traf. Ein erhofftes Stück Glück ausgeschlossen von Vergänglichkeit. Eine zufällige Begegnung von zwei Menschen aus zwei Welten.

„Ich glaube, dass fast alle unsere Traurigkeiten Momente der Spannung sind, die wir als Lähmung empfinden, weil wir unsere befremdeten Gefühle nicht mehr leben hören. Weil wir mit dem Fremden, das bei uns eingetreten ist, allein sind, weil uns alles Vertraute und Gewohnte für einen Augenblick fortgenommen ist; weil wir mitten in einem Übergang stehen, wo wir nicht stehenbleiben können. Darum geht die Traurigkeit auch vorüber: das Neue in uns, das Hinzugekommene, ist in unser Herz eingetreten, ist in seine innerste Kammer gegangen und ist auch dort nicht mehr, - ist schon im Blut. Und wir erfahren nicht, was es war. Man könnte uns leicht glauben machen, es sei nichts geschehen, und doch haben wir uns verwandelt, wie ein Haus sich verwandelt, in welches ein Gast eingetreten ist."

Zitat/Ausschnitt
von Rainer Maria Rilke an Franz Xaver Kappus,
Quelle: http://www.rilke.de, siehe unter „Briefe"
Brief vom 12. August 1904

MAYA & SAMU

„Bleiben oder gehen?"

Samu entschied sich für den Weggang. Abschied für immer, dachte er, von Eltern und Ungarn, seiner Heimat. Ein Fliehen ins Ungewisse, ein Abbruch in die mit einem großen Fragezeichen versehene Zukunft. Mit Tränen in den Augen, seinem Rucksack und einem Koffer in der Hand, verließ er am 27. März 1945 sein Zuhause. Ziel: der Westen. Zu Fuß. Die Route war die reinste Hölle. Unzählige entkräftete Menschen und Fahrzeuge jeder Art, motorisiert oder von Pferden gezogen, schleppten sich etappenweise auf dieser Strecke, die immer wieder von sowjetischen Tieffliegern beschossen wurde. Dramatische Szenen. Einige Tage später konnte er ein Segment mit einer Bergbahn zurücklegen, und anschließend mit unterschiedlichen Gruppen in Flüchtlingszügen (offene Viehwagen) weiterkommen. Allerdings erzählte Samu, dass er sich auf dem größten Teil der Strecken allein befand.

Es wurde immer klarer, dass sich Deutschland bzw. die Wehrmacht in einem katastrophalen Zustand der totalen Auflösung befand. Die Alliierten bombardierten Tag und Nacht das verbliebene Reichsgebiet und ganz oben am Himmel zogen immer wieder unheilbringende Bomben-Geschwader über das Land. Natürlich war es unter diesen Umständen besonders gefährlich, wenn man sich in Zügen und in der Nähe von Bahnhöfen aufhielt. Es waren Tage der Entbehrung und Nächte erbärmlicher Übernachtungen. Samu hatte sich unterwegs das Ziel Schweiz ausgedacht. Der beschwerliche Fußweg bergauf,

bergunter, am Fluss entlang, immer mit dem Koffer in
der Hand schien ihm überwindbarer mit einem Vorhaben. Ein Plan musste her.

An der Grenze stand eine riesige Menschenmenge. Alle
nur erdenkbaren Nationalitäten häuften sich dort zu
einem unbeschreiblichen Haufen von verzweifelten
Menschen, die einfach ‚weg' wollten. Samus Beine wollten nicht mehr mitmachen. Dies war der Tiefpunkt
seines Lebens: Er saß am Straßenrand und war partout
fertig. Er wusste nicht, was er noch machen konnte und
gab innerlich auf. Aus einem Nachbarshaus kam eine ca.
30-jährige Frau heraus, die ihn fragte, was mit ihm los sei.
Er erzählte ihr stammelnd seine Situation, woraufhin sie
sagte:

„Mein Mann ist irgendwo an der Front. Vielleicht sitzt er
auch an irgendeiner Stelle und gibt auf, so wie Sie jetzt.
Kommen Sie rein."

Samu verbrachte 3 Tage in diesem Haus, wo er wieder
zu Kräften kam. Er begab sich dann zur französischen
Kommandantur, wurde registriert und für 4 Monate in
einem Flüchtlingslager untergebracht. Er wurde, wie alle
anderen Neuankömmlinge, entseucht und kam in eine
ungarische Baracke mit 12 Betten. In den ersten Tagen
gab es abwechselnd nur Suppen und ein Stück Brot zum
Mittagessen, dann kamen die ersten Care-Pakete vom
Roten Kreuz aus der Schweiz, womit der Handel zwischen den Insassen begann. Wer Nichtraucher war, wie
er, tauschte seine Zigaretten gegen Lebensmittel ein.

Eines Tages – im Juni 1945 – umstellte das französische
Militär das Lager und die Insassen wurden aufgefordert

die bereits wartenden LKWs zu besteigen. Das neue Lager hatte größere Schlafräume mit ca. 60 Betten. Ausweispapiere als Ersatz für nicht vorhandene Pässe wurden erstellt, kurzfristige Aufenthaltserlaubnis erteilt.

Samu war es zu Ohren gekommen, dass eine gewisse Fakultät in Deutschland flüchtige Studenten aufnahm, so dass er aus dem Lager ausbrach, einen Passierschein besorgte und sich wieder zu Fuß unzählige km auf den Weg machte, um für die nächsten zwei Jahre Theologie zu studieren. Es ergaben sich in dieser wirren und für alle Mitmenschen unklaren Zeit bunte Freundschaften aus aller Welt und eine unglückliche Liebe.

Samu hatte inzwischen ein weiteres Ziel. Chile! Schon als Jugendlicher ließ er sich von den fesselnden Abenteuern des italienischen Forschers De Agostini über das Feuerland, den südlichen Zipfel Chiles, begeistern. Niemals hätte er sich ausmalen können, dass er in genau diesem Land zu späterer Zeit eine/seine Existenz gründen würde. Mehrere Herausforderungen standen ihm aber noch bevor: Kontakt zur Flüchtlingsorganisation, die Besorgung eines Transitvisums, das Organisieren eines provisorischen Reisepasses, etc. Eine Überseereise ab Genova, bis Valparaíso via Panama-Kanal dauerte in den 40ern mehrere Wochen, also etliche Nächte im schwankenden Schlafsaal der 3. Klasse, immer mit Argusaugen auf seine Schuhe, in dessen Absatz-Hohlräumen Samu Goldmünzen versteckte.

Am Tag der Abfahrt im November 1947 wusste Samu noch nicht, dass ihm sein Bruder Jules, derzeit noch in russischer Gefangenschaft, zwei Jahre später in die neue Wahlheimat folgen würde.

Maya dagegen lebte in der Zeit – während Samu ins Ungewisse steuerte – ein geregeltes störungsfreies Leben in einer blühenden Gegend im nördlichen Patagonien. Als Schulmädchen wohnte sie mit ihren beiden jüngeren Schwestern wochentags bei ihrer fast erblindeten Großmutter Emilia, der sie sehr zugetan waren. Am Wochenende fuhren sie zu ihren Eltern auf die Farm, unternahmen stundenlange Ausritte, sammelten Beeren, und Lena überredete auch an kalten Tagen ihre Töchter zum Schwimmen in der Lagune, die Eduard anlegen ließ, um seine Unabhängigkeit zu unterstreichen. Hier wurde anhand einer Turbine der Strom für die Farm gewonnen. Man konnte sich kaum sattsehen: Der Ausblick aus dem Gutshaus runter zur Lagune war herzzerreißend schön. Wenn Maya – später als junge Erwachsene – mit ihrem Opel Olympia regelmäßig donnerstags zur Farm fuhr, hielt sie immer kurz an, sobald sie von der asphaltierten Panamericana rechts in den Schotterweg fuhr. Hier, genau hier, ließ sie ihren Stadtalltag hinter sich. Die grünen Hügelketten über den saftigen Weiden vermittelten Wohlsein. Purer konnte Natur nicht sein. Vorbei an Rinder- und Schafsherden konnte man den Geruch der Pinien regelrecht aufsaugen. Oft hielt sie an, um noch einige herabgefallene Zweige Eukalyptus aufzusammeln, dessen Aroma sie so liebte. Beim Verbrennen verströmen die Blätter einen eigenen minzigen Duft, der mit einer harzigherben Note versehen ist.

Eigentlich war der Eukalyptus, auch Fieberbaum genannt, bei den Farmern nicht sehr beliebt. Es hieß, der Eukalyptus *(griech. ευ = gut/schön, und κάλυπτος = verschlossen/versteckt, was sich auf die geschlossene Blütenknospe bezieht, die die Samen abdeckt)* habe erstaunlich tiefe Wurzeln und benötigt sehr viel mehr Wasser als andere

Bäume. Dennoch war das Geschäft der Holzgewinnung sehr erträglich, und so wurden die Farmen im Süden gerne außer mit den schnellwachsenden Pinien auch mit Eukalyptus bepflanzt.

Das letzte Stück zum Gut war Mayas Lieblingsteilstrecke. Wenn man durch die Schranke des Hauses von Verwalter Sandro fuhr, bog der Weg am Ufer der Lagune entlang, wo ihr die Schwäne zunickten (so dachte sie) und wo das Leben in eine ganz andere Geschwindigkeit schlüpfte. Nach der Lagune fuhr man direkt durch eine Silberpappel-Allee bis zur Toreinfahrt hoch, vorbei an Stallungen und einem hohen, mit Getreide oder Futtermitteln befüllten, Silo.

Man könnte sagen, die Gegenwart war durchaus geordnet, und Mayas Seele noch vollkommen unbeschädigt.

Nach ihrem Abitur war sie in die Hauptstadt gezogen, um Finanzbuchhaltung zu studieren. In diesen drei Jahren ihrer Abnabelung erfuhr sie ein anderes Format der Freiheit. Maya blühte, durch die Entfernung zu ihrer vertrauten Umgebung und dem Soll der Reife ihrer Jugendlichkeit, zu einer erwachsenen Frau auf.

Der Norden unterschied sich nicht nur klimatisch, die Hauptstadt war für sie im Vergleich zum immergrünen Patagonien eine pulsierende Metropole, die in einem Tal liegend, von schneebedeckten Bergen umringt wurde.

Maya studierte im Regierungsviertel, in der Nähe des Parlaments, also im Herzen der Stadt. Die Hochschule befand sich in einem Gebäude aus der spanischen Kolonialzeit, eines der historischen pastellfarbenen Bauten, die zwar durch diverse Erdbeben schon oft zerstört, aber unter dem Mantel des Baudenkmals regelmäßig restauriert worden sind. Mittags mischten sich die Studenten gerne unter das Volk, welches die vielen Bänke der zentralen Plaza, butterbrotkauend und laut diskutierend besetzte. Gitarrenspieler verwandelten den Platz in ein Areal von lebendiger Kultur, bunten Begegnungen und durch das durchgehend mittelmeerraumähnliche Klima entpuppte sich dieser Standort zu Recht zu einem Mittags-Hotspot der arbeitenden Gesellschaft.

Mit ihrem Diplom in der Tasche, einem Ansatz von Weitblick, einem Stapel von Know-how, einem Eindruck der Moderne und einem Koffer voller Aufzeichnungen kehrte Maya nach den drei Jahren in ihr heimisches Revier zurück.

Ihr Vater Eduard schenkte ihr daraufhin einen Opel Olympia, mit dem sie einmal pro Woche zur Farm fuhr, wo sie sich dynamisch und intensiv um die betriebliche Gehaltsbuchhaltung kümmerte. Maya zahlte die Wochengehälter aus und ließ sich den Empfang unterschreiben, wobei die meisten Farmarbeiter die Entgegennahme mit dem Daumendruck quittierten, da sie gar nicht schreiben konnten.

Der Frachter, den Samu in Genua mit einem aufgewühlten Quantum an Gefühlen bestiegen hatte, lief fahrplanmäßig in Valparaiso ein. Die chilenische Nationalhymne ertönte bei der tempogedrosselten Hafeneinfahrt. Umarmungen in Euphorie, die Aufregung und (An-)Spannung widerspiegelten, ließen keinen Platz für Abschiedsemotionen. Dabei wussten alle, dass sie sich vielleicht nie wieder begegnen würden.

Auf dem unteren Schiffsdeck stellte Samu fest, dass viele der Passagiere, ausschließlich Auswanderer, auf die Frage ‚Warum eigentlich Chile?‘ die gleiche simple Antwort hatten: Weil Chile eines der ersten Staaten war, der den im Nachkriegsdeutschland zusammengepferchte fremdländischen Flüchtlingen eine neue Heimat bot. Dank einer Ausreisegenehmigung der Alliierten und einem internationalen Emigranten-Passersatz wurde die Reise ermöglicht. Und nun endete die Fahrt, und ein Kapitel voller Rätsel und Ungewissheiten stand Samu bevor. Am liebsten wäre er an Bord geblieben und weitergefahren, vielleicht bis Tahiti oder Neuseeland, nur um Zeit zu gewinnen und den Realitäten des Lebens zu entrinnen.

Es ist Dezember 1947, Samu inzwischen 26 Jahre alt.

Er kommt im YMCA unter, wird im Personenregister erfasst, und zieht eine Woche nach Ankunft in die Hauptstadt weiter, da dort das Arbeitsangebot deutlich höher war. Seine erste Beschäftigung tätigte er als Kassierer im Restaurant ‚Santa Lucía‘, direkt unterhalb des gleichnamigen Hügels und Parks. Da Samu in Budapest Latein als Studienfach hatte, konnte er sich die Zahlen auf spanisch schnell merken. Die Sprache an sich beherrschte er innerhalb drei Monaten. Als Anwalt aber würde er wahrscheinlich nie arbeiten können. Mit seinen beiden mitgebrachten Doktor-Titel in Jura und Politik konnte er hier nicht punkten. Das Führen der akademischen Auszeichnungen konnte ihm nicht untersagt werden, aber die Anerkennung seiner Promotion schon! Jedes Land hat im Rechtsgebiet seine eigenen Vorgaben und Regelwerke.

In einer Nacht im September 1949 brannte das Restaurant inklusive des alten Dänen, der dort als Hausmeister und Aufpasser diente, ab. Die Boulevard-Zeitungen publizierten mit verdorbenem Humor groteske Berichte. Ein Titel lautete: ‚Gebratener Hausmeister: das letzte Gericht der Hostería Santa Lucía‘. Der Besitzer war so fassungslos über nach sich ziehende Beschuldigungen und Spekulationen wegen Brandstiftung, dass er nach Cuba auswanderte.

Inzwischen war Samus Bruder Jules in Chile eingetroffen. Auch er war geflohen, aus der russischen Gefangenschaft heraus, via Österreich, und zwar bevor der Stacheldraht von Ost zu West hochgezogen wurde. Als Tierarzt hatte er bessere Voraussetzungen, um in seinem erlernten Beruf tätig zu werden. Die erste Anstellung versetzte ihn in den Süden in eine landwirtschaftliche Genossenschaft, wo er als Veterinär Rinder impfte.

Eine der Deutschen Schulen im Süden suchte einen Geschäftsführer, und Jules – der inzwischen zu einflussreichen Farmern beste Kontakte pflegte, die ihre Kinder in privaten Schulen unterbrachten – besorgte Samu diesen Posten. So kamen die Brüder wieder zusammen, und sie konnten sich sogar gemeinsam eine kleine Stadtwohnung teilen.

Eduard hatte von den beiden Neuankömmlingen in der Stadt gehört, zwei Brüder aus Ungarn, die ungewöhnliche Hüte trugen. Selbstverständlich lud er sie auf die Farm ein. Schließlich kamen sie auch aus Europa. Maya sollte die Beiden bei nächster Gelegenheit mit dem Olympia einsammeln und für den Tag nach Rancho La

Paz bringen. Dazu hatte Maya nicht wirklich Lust. Die ganze Strecke mit zwei fremden Männern zu fahren war ihr fast unangenehm. Dem Vater zu widersprechen war aber keine Option. Eduard und Lena hatten ihre Kinder streng und zu Gehorsam erzogen. Mit den Jahren wurde die Beziehung zwischen dem Vater und seinen Töchtern zwar aufgeschlossener, aber einer Eduard-Ansage konfrontierte gewiss keine der Dreien mit einem Veto.

Auf der Fahrt bemerkte Maya, dass Samu immer wieder seinen Blick zu ihr – anstatt nach vorn auf den Weg – richtete. Jules saß hinten, und erzählte lebhaft von seinem ersten Besuch auf einer Zuchtbullen-Auktion. Es folgten Anekdoten des Veterinärdaseins und für ihn signifikante Erkenntnisse, wie z. B., dass der bittere Mate-Tee zwar nicht, dafür aber der ‚Pisco Sour‘ definitiv überzeugend sei! Währenddessen rätselte Samu unbewusst über schicksalhafte Begegnungen. Dass der Anblick von Maya in Millisekunden einen derartigen Herzkollaps auslöste, war nicht geheuer, flüsterte sein Verstand. Impulsiv empfand er Maya in dem Moment, als er einstieg und sie wahrnahm, als wunderschöne Frau. Anziehend. Faszinierend. Unwiderstehlich. Samu musste bei Ankunft nicht nur seine Gedanken sortieren… Was für ein Gefühlsrausch! War das nur ein hitziger Schwung von Hormonen oder eine Herzensangelegenheit?

Während Maya direkt im Büro verschwand, um die anstehenden Wochenlöhne abzurechnen, führte Eduard seine beiden Gäste Jules und Samu durch das Anwesen. Jules unterhielt sich mit einem der Landarbeiter, der ihm die Technik des Schafscherens erklärte. Samu dagegen hatte mit innerlicher Unruhe wegen einem Gedankenstau betreffend Maya zu kämpfen. Er konnte Eduard eigentlich gar nicht aufmerksam zuhören. Die Eindrücke dieser durch und durch perfekt organisierten Landwirtschaft faszinierten die Brüder, und trotz der spürbaren Disziplin empfanden sie die Stimmung auf dem Gut als sehr ursprünglich, rau und dennoch geschliffen. Samu fand es außerdem romantisch und schlichtweg einzigartig. Er fühlte sich hier zu Hause. Wahrscheinlich lag es daran, dass er etwas gefunden hatte, was er nicht gesucht hatte, und jetzt festhalten wollte, als ob er nie etwas anderes wollte?

Samu war sicher, dass er nicht nur eine bald beste Freundin, sondern, dass er eine Seelenverwandte getroffen hatte. Jules, den er – als sie abends wieder in der Stadt waren – direkt eingeweiht hatte, meinte, es sei definitiv vom Zufall abhängig, an wessen Schulter wir uns eines Tages anlehnen. Und es läge nun an ihm, ob sich aus der Begegnung mehr entwickelt. Aber kann man der Liebe auf die Sprünge helfen? Eins war klar: Samu würde sich nicht von unerfüllten Sehnsüchten quälen lassen und darauf hoffen, dass sie von allein wieder verschwinden. Das war keine milde Form von ‚Liebe auf den ersten Blick‘, das war der Ansatz zu einer Bindung. Er musste nur eine Brücke zu Maya aufbauen.

Samu und Maya waren zwei Menschen, die kulturell gesehen, das heißt durch Vorbild und Erziehung, vollkommen unterschiedlich geprägt wurden. Das alte Sprichwort ‚Gleich und gleich gesellt sich gern‘ war also hier nicht Auslöser der Emotionen.

Die ersten Wochen ihrer neuen Liebe waren voller Aufregung und Freude, aber auch Unsicherheit und vorsichtigem Antasten gekennzeichnet. Einerseits klopfte Samus Herz und es stieg das Bedürfnis, sich zu öffnen und Maya sein Inneres zu offenbaren. Gleichzeitig wollte er aber auch nichts überstürzen.

Maya war anfangs skeptisch. Der Fremde war doch so ganz anders als die Jungs ihrer Gegend, deren Mittelpunkt sich für gewöhnlich um Agrarprodukte, Viehzucht und Rodeos drehte. Samu dagegen sah mit seiner Hornbrille wie ein verdammt gutaussehender wissenschaftlicher Politiker aus, der sich subtil für die Rechte der Menschen einsetzte.

<u>Was es ist</u>

Es ist Unsinn
sagt die Vernunft
Es ist was es ist
sagt die Liebe
Es ist Unglück
sagt die Berechnung
Es ist nichts als Schmerz
sagt die Angst
Es ist aussichtslos
sagt die Einsicht
Es ist was es ist
sagt die Liebe
Es ist lächerlich
sagt der Stolz
Es ist leichtsinnig
sagt die Vorsicht
Es ist unmöglich
sagt die Erfahrung
Es ist was es ist
sagt die Liebe

~ Erich Fried ~

Es ist was es ist! Liebe!

Das passte überhaupt nicht in Eduards Vorstellungen über die Zukunft der Töchter. Seine Maya sollte sich doch partout nicht in einen dieser Hutmänner verlieben. Die hatten zwar Wissen im Kopf, aber keinen Peso in der Tasche!

Es gibt viele Dinge im Leben, die uns wichtig sind. Wenn es darum geht, Indikatoren für persönliches Glück zu definieren, werden unumstritten meistens Gesundheit und liebevolle Beziehungen genannt. Ein stabiles Bündnis zu unseren bevorzugten Menschen ist deshalb so wichtig, weil wir durch sie Liebe und Anerkennung erfahren. Die ersten Bezugspersonen im Leben sind unsere Eltern und Geschwister, und es ist für uns fundamental, dass diese Personen miteinander harmonisieren. Wenn also der eigene Vater den Partner der Tochter nicht akzeptiert, wird die Beziehung zwischen den beiden unvermeidlich darunter leiden.

Maya hatte allerdings keine Zweifel an ihrer Liebe. Sie redete mit Samu offen und ehrlich über die Bedenken ihres Vaters. Es fiel ihr gehörig schwer, die Meinung des Vaters zu ignorieren, und seine Äußerungen zu überhören, ohne die Ablehnung persönlich zu nehmen. Samu brachte sehr viel Verständnis für Mayas Situation und ihr Unbehagen auf, hörte zu und versuchte sie zu beruhigen, obwohl er am liebsten zu Eduard gefahren wäre, um sein Anrecht auf Respekt zu verteidigen. Schließlich gibt es Gründe, warum wir uns jemanden aussuchen. Aber auch Motive, warum Eltern manchmal etwas auszusetzen haben. Sie versuchen uns beizubringen, was gut und richtig ist, und was schlecht und falsch.

„Aber die Wahl meines Partners kann und darf mir doch nicht mein Vater abnehmen wollen. Egal, wie gut er es meint!", sagte Maya zu ihrer Großmutter, die ihre Enkelin ermutigte, genau das ihren Eltern klarzumachen.

Maya und Samu überlegten: Wäre eine Hochzeit zu zweit, ganz heimlich ohne Freunde oder Familie, eine Option? Das hätte zumindest einige Vorteile, nämlich das Vermeiden von Diskussionen, Kompromissen und aufgezwungenen Konventionen. Und sollten sie nach dem stillen Ja-Wort dann die (für sie frohe) Botschaft allen mitteilen oder weiterhin geheim halten? Werden dann einige, so wie bestimmt Mayas Großmamá Emilia, enttäuscht sein, wenn sie nur so nebenbei davon erfahren? Ganz bestimmt! Also Großmamá sollte auf jeden Fall eingeweiht werden. Und Mayas beide jüngeren Schwestern Romy und Annika. Und Samus Bruder Jules.

Die unauffällige Feier an einem Abend im Mai 1955 in kleiner Runde – ohne Eltern – wurde von Großmamá organisiert. Der massive ovale Eichentisch im Esszimmer wurde ausgezogen, so dass er groß genug war, um für alle einen Platz zu schaffen. Romy und Annika deckten ein: Eine weiße Tischdecke mit besticktem Rand, steif gebügelte Stoffservietten, das gute Sonntags-Service, das schwere silberne Besteck, die bunten Römergläser, dicke weiße Stumpenkerzen und mehrere kleine weiße Keramikvasen mit bunten Blumen und Blättern aus dem Garten. Mit Großmamá, Geschwister und einer Handvoll bester Freunde zelebrierten sie in dem mit Efeu bewachsenen Stadthaus den Bund fürs Leben.

Als sich Jules mit einem Glas erhob, nahm er Romy an die Hand und zitierte Antoine de Saint-Exupéry:

Sich zu lieben, heißt nicht, sich anzusehen,
sondern gemeinsam in dieselbe
Richtung zu blicken.

Keiner ahnte, dass Samus älterer Bruder sich in Mayas jüngere Schwester verliebt hatte!

ROMY & JULES

Es konnte so einfach sein. War es aber nicht. Die einzig wirklich perfekten Liebesgeschichten finden wir wohl nur in Büchern und Filmen.

Jules war bereits verheiratet und hatte zwei Kinder. In der fernen Heimat sollten sie abwarten, bis er eine gemeinsame Zukunft im Irgendwo für seine kleine Familie garantieren könnte. Nach seiner Flucht wurde allerdings der Stacheldraht von Ost zu West gezogen, die Grenzen wurden dichtgemacht. Weder konnte Jules zurück nach Hause noch seine Frau und die Kinder aus Ungarn raus. Es gab auch überhaupt keine Perspektiven, keinerlei Hinweise auf Entzerrung des politischen Desasters. Menschlichkeit war im geteilten Europa aus dem Wörterbuch gestrichen worden. Samu meinte aber, eine Teilung sei immer noch besser als ein weiterer Krieg, so wären die Machtsphären zumindest endgültig abgesteckt.

Mit einem Liebesbrief – der schönsten Form eines Bekenntnisses – der mit folgendem Satz aus Herrmann Hesses Gedicht ‚Stufen‘ begann, erklärte sich Jules bei Romy:

Und jedem Anfang wohnt ein Zauber inne,
Der uns beschützt und der uns hilft, zu leben.

Romy las den Brief immer und immer wieder, versteckte ihn ganz hinten in der obersten Schublade ihres Nachttisches, zog ihn wieder hervor, las ihn nochmal, lachte innerlich, fasste sich an ihr klopfendes Herz, weinte sogar vor Glück. Simultan stellte sie sich aber eine hemmende Frage: Was würde ihr Vater Eduard dazu sagen, wenn er erfährt, dass sich seine zweite Tochter auch mit einem der Hutmänner verbündet?

Romy war zurückhaltend, aber nicht schüchtern. Es fiel ihr leicht in der Öffentlichkeit mit anderen Menschen in Kontakt zu kommen. Sie war wunderschön, herzlich und spontan. Jules war besonders von ihrem lebendigen Naturell hingerissen. Noch nie hatte er einen Liebesbrief verfasst. Er war es eher gewohnt, dass die Frauen auf *ihn* zukamen. Aber Romy zu umarmen, fühlte sich einfach so gut an, dass er nicht zögerte. Er sprach aus, was er dachte, und hoffte Romy mit seinem Auftreten, dem Brief und einem persönlichen Geständnis im ungarischen Akzent beeindrucken zu können. Es war ihm weder peinlich, noch machte er sich Gedanken zu scheitern. Jules entdeckte deutlich die genseitige Zuneigung und insgeheim auch Bewunderung. Seine Gefühle tanzten Csárdás. Auf und ab. Als hätte sich eine Zigeunerkapelle in seiner Brust installiert.

Jeder sollte wissen, dass sie nichts und niemand mehr auseinanderbringen könnte. Sie waren eine Einheit! Sie waren das nächste fremdgemischte Paar der Stadt.

Die erste Ehe konnte annulliert werden, und Eduard zeigte sich irgendwann überraschend versöhnlich. Wahrscheinlich hatte Lena ihn umgestimmt.

ANNIKA & CARLOS

Mayas jüngste Schwester war das Nesthäkchen der Familie Sturm, der es ein Leichtes war, ihren Vater um den kleinen Finger zu wickeln. Mit Annikas Geburt, der dritten Tochter von Lena und Eduard, wurde aus dem oftmals strengen Vater ein fast sanftmütiger Mann, dessen Kernaufgabe sich abrupt um das Beschützen von Annika drehte. Sie wurde zwar etwas liberaler erzogen, aber den immensen Respekt zum Vater hatte sie genauso wie ihren beiden älteren Schwestern. Eduard war stets sehr präsent. Sobald er den Raum betrat, zog er die Aufmerksamkeit aller Personen durch seine ernsthafte Ausstrahlung auf sich.

Annika verliebte sich – und das war Balsam für Eduards Seele – in einen Farmersjungen. Auf der Finca, die Carlos Moreno von seinen Eltern übernahm, entstand eine moderne Molkerei. Das Holzhaus, dass sie bewohnten, grenzte an einen Pinienwald, und das bodentiefe Bogenfenster im Wohnzimmer erlaubte eine spektakuläre Aussicht zu einem Vulkan. Mit der Nachbarschaft in der Umgebung wurden sowohl Geschäfte als auch lautlachende Spießbraten-Feste gefeiert.
Damit, und bis zu dem Sonntag im Mai 1971, schien das Leben der drei Schwestern Maya, Romy und Annika nicht nur facettenreich, sondern frei von Hindernissen zu sein. Schwerelos.

LISA & VINCENT

Eine ältere Schwester zu haben, ist nicht nur, als hätte man eine persönliche, ganz besondere beste Freundin für immer und ewig, sondern auch eine private Beraterin und Beschützerin. Sie ist diejenige mit der man lebenslang eine Geheimsprache teilt. Eine Sprache, die keinerlei Imperativ bedarf, weil man wortlos weiß, was die andere meint. Erstaunlich war dennoch, dass wir nicht nur äußerlich unterschiedlich waren, sondern auch charakterlich wenig ähnlich. Erstaunlich, wenn man bedenkt, dass wir aus dem gleichen Holz geschnitzt wurden. Hinzu kommt, dass wir bis zum Schulabschluss, abgesehen von unterschiedlichen Freunden, ein identisches Leben führten. Heute weiß ich: Es gab für mich keine wichtigere Vertraute als Lisa. Das Leben hatte uns zusammengeschweißt.

In dem altrosa gestrichenen Holzhaus, das Maya & Samu inzwischen in der Stadt gekauft hatten, bezogen wir Schwestern einen Schlafraum mit Fenster zur Schotterstraße. Papá hatte inzwischen von seinem Posten als Geschäftsführer der Deutschen Schule zur Administrativen Leitung einer Mehlmühle gewechselt. Dort wurde nicht nur Mehl, sondern auch Schrot, Saat, Getreide und sonstige Körner verarbeitet. Der Hutmann ohne Peso in der Tasche verdiente (und das musste Eduard ihm später betroffen reuig eingestehen) herzliche Anerkennung!

Obwohl sich im Obergeschoss mehrere Räume befanden, teilten Lisa und ich uns ein Zimmer, wo sich zweifelsfrei unsere Unterschiedlichkeiten deutlich offenbarten. Links (Lisa) war ein chaotisches Tohuwabohu, das reinste Sodom und Gomorra. Rechts (meine Bettseite) zeichnete sich durch gerade Linien aus, sogar die Schuhe standen im 90° Winkel zum Bettfuß. Tante Romy erzählte mir, dass ich sie einmal, als wir bei ihr zu Besuch waren, nachts geweckt und laut gerufen hätte, weil ich nicht schlafen konnte: meine Bettdecke schlug eine Falte! Oh, je…

Natürlich stritten, brüllten und heulten wir (ich deutlich mehr) wegen irgendwelcher Nichtigkeiten. Lisa schaffte es aber immer, dass wir uns kurz danach versöhnten. Mir ist erst viel später – als ich erwachsen und immer noch Trotzphasen hatte – bewusst geworden, dass meine Schwester der einzige Mensch in meinem Leben war, der mich absolut bedingungslos liebte. Bei ihr musste ich mich nicht verstellen. Ich brauchte nichts beweisen. Sie würde mich immer verteidigen. Sie liebte mich einfach.

Ohne ihre wiederholten Einlenkungen hätten wir allerdings aus unserer pubertierenden Entwicklung nicht als Freundinnen rausgefunden. Lisa, das Sonnenkind, übernahm ungebeten die Aufsicht unserer innigen Verbindung. Sie war die Ältere, die uns erdete. Und sie war die Coole, mein Vorbild. Ich wollte zum Beispiel unbedingt das gleiche Outfit tragen wie sie. Und ich wünschte, dass unsere Verwandtschaft und die Freunde meiner Eltern mich nur einmal so begrüßen würden, wie sie es mit Lisa taten. Sie war das aufgeschlossene Kind, dass man gerne knuddelte. In der Schule nannte man sie ‚La Feliz‘ (Die Glückliche).

Lisa war auch das erste Enkelkind von Eduard. Sie war ein so unbefangener kleiner Schatz, der ihn bewunderte und immer anstrahlte. Am liebsten barfuß. Mit zwei Jahren auf einem Pferd sitzend. Mit den Hunden im Hof spielend. Eduards Liebling.

Als die von der neuen sozialistischen Regierung angekündigten Verstaatlichungen (kurz nach dem Tod von Großpapá) umgesetzt wurden, konnte Lenas Farm nicht davor bewahrt werden. Der Entzug des Eigentums traf viele Landwirte, die wir kannten. Lena hatte nach dem schrecklichen Vorfall keine Nacht mehr auf dem Rancho La Paz übernachtet. Es war ja nicht mehr ‚Das Haus auf der Farm‘… Es war ‚Das Haus auf der Farm, wo Eduard Suizid beging.‘

Um die entschädigungslosen Enteignungen durch die neue Agrarreform zu begründen, wurde ein dem Allgemeinwohl dienender Zweck angeführt: Verbesserungen für die Arbeiter und die Unterschicht. Oder, wie Samu behauptete: ‚… aus höherem staatlichem Kalkül.‘

Seit der Antike, las ich, gilt Landreform als Instrument staatlicher Umverteilungspolitik, die den gesamtgesellschaftlichen Nutzen zum Ziel hat. Aber schon Tiberius und Gaius scheiterten im 2. Jh. vor Christus in Rom mit ihrer Landreform am Widerstand der Oligarchie.

Lisa und ich lagen im Bett, als sich eines Abends unsere Mamá zu uns setzte und folgendes sagte:

„Wir werden das Land verlassen. Wie ihr wisst, ist euer Papá bereits einmal vor dem Kommunismus geflohen. Unsere neue Regierung lässt uns keine Wahl. Schon morgen packen wir einen Seekoffer mit dem Nötigsten und verschiffen es, soweit es noch geht, nach Hamburg zu eurer Großtante Marga (eine Schwester von Eduard). Solange unser Haus nicht enteignet ist, können wir es hoffentlich noch verkaufen, und davon die nächsten Wochen (über-) leben. Ob wir es schaffen mit einem Bus rüber nach Argentinien zu gelangen, wissen wir nicht. Ihr solltet darauf vorbereitet sein, dass wir ansonsten die Anden zu Fuß überqueren müssen."

Als Kind ist die Welt groß und offen. Jeder Tag ist lang und voller neuer Erlebnisse. Deshalb denken wir auch, dass die Zeit als Kind langsamer vergeht. Die Tage vor dem Aufbruch aber, die von Abbau, Auflösung und Trennung geprägt waren, vergingen wie im Flug. Wir hatten kaum Zeit uns Gedanken zu machen, welches Spielzeug wir am liebsten in den Seekoffer legen könnten. Lisa entschied sich für ihren Teddy und ich für Sebastián, meine Lieblingspuppe (benannt nach meinem gleichaltrigen Cousin). Es war sehr großmütig von Mamá für uns einen kleinen Platz im Koffer zu verteidigen, da es schließlich weitaus wichtigere Dinge für unser neues Leben im Irgendwo zu verschiffen galt:
Winterklamotten, Bett- und Tischwäsche, Geschirr & Besteck, ein Radio, eine Uhr, etc.

Lisa (15) wollte nicht weg, sie weinte unentwegt. Ich dagegen (13) freute mich auf das große Abenteuer. Schließlich hatte ich ja noch keine Ahnung, was ‚Heimweh' bedeutet. Soziologisch gesehen, richtet sich Heimweh auf verlorene Gemeinschaften, vor allem während der Kindheit. Samu hatte die Erfahrung sich unter lauter Fremden einsam zu fühlen bereits gemacht. Für ihn bedeutete dieser Abschied den Verlust einer vertrauten Umgebung noch einmal – ein zweites Mal! –

zu erleiden. Diesmal hatte er aber eine Frau und zwei
Töchter dabei.
Niemand flieht freiwillig. Samus politische Überzeugung
und das Wohlergehen von uns Kindern trieben ihn weg.
Die Expropriationen war nur der Anfang des wirtschaft-
lichen Desasters. Das Land befand sich in einem Count-
down der Unsicherheit…

‚Alle Menschen sind frei und gleich an Würde und
Rechten geboren‘, so heißt es in der UN-Menschen-
rechts-Charta. Aber wer garantiert uns Würde? Wer stellt
unsere Rechte sicher? Wer maßt sich an Menschen, die
sich für ein eigenes Heim abgearbeitet haben, zu
enteignen und sie somit zu vertreiben? Und wie sollten
Lisa und ich das alles verstehen? Bisher hatten wir unsere
Familie immer um uns herum. Wir ahnten ja nicht, dass
die bisherige Zeit sich später in Erinnerungsfragmente
auflösen würde.

Auf unserer Reise ins Ungewisse durchlebten wir als
Familien-Quartett einige intensive Wochen. Wir fragten
uns natürlich:
Wie sieht ein Weg ohne Ziel aus?
Wie sollte es weiter gehen?

Samus Haltung war weder abwartend noch passiv. Er
war der Überzeugung, dass alles gut werden würde, und
mit Maya an seiner Seite konnte er es allemal schaffen
unsere Lage zu verbessern bzw. positiv zu beeinflussen.
Menschen – wie Papá – mit Wünschen, Fantasie, einer
zielorientierten Haltung und einer positiven Einstellung
haben eine gute Erfolgsprognose, denn sie wissen:
Hindernisse auf dem Weg sind überwindbar.

Lisa weinte am meisten um ihren Großvater. Sie vermisste ihn so sehr. Vielleicht kehrten wir ja alle irgendwann zurück in die Heimat, aber neben Eduard auf der breiten Lehne des Ohrensessels am Kamin würde sie nie wieder sitzen. Zumindest eins konnte uns niemand nehmen: Die Erinnerungen! Manchmal wurden sie einfach durch einen Duft wachgeschüttelt. Es heißt, Gerüche können Erinnerungen sogar stärker als alle anderen Sinne auslösen. Unsere Kindheit roch nach frisch gemähtem Gras, nach Heu, nach Pferdemist, nach Kiefernharz, nach Flieder im Garten und Lavendel im Schrank. Der griechische Philosoph Aristoteles schrieb: ,Der Mensch riecht Riechbares nicht, ohne ein Gefühl des Unangenehmen oder Lustvollen zu empfinden.' Bis heute tauchen verloren geglaubte Kindheitserinnerungen abrupt wieder auf, wenn ich Zedernholz rieche. Daraus waren die Zigarrenkisten verarbeitet, die Eduard aus Cuba importierte. Beim Geruch von Teakholz, dass dem Leder ähnelt, assoziierten wir das Boot von Onkel Erik. Wie oft waren wir den Fluss auf- und abwärts gefahren, an Halbinseln vorbei, manchmal raus bis zum offenen Meer. Den Namen des stillen Wassers ,El Pacífico' (Der Pazifik) erhielt der tiefste Ozean der Erde schon im 15. Jh. von Ferdinand Magellan.

Lisa und ich erzählten uns auf der Reise vor dem Schlafengehen immer gegenseitig eine Geschichte der vergangenen Jahre. Dieses Ritual dachte sich Lisa aus um uns wenigstens gedanklich in unsere bis dahin nahtlos unbefangene Kindheit zu schleusen.

So erzählte sie eines Abends von ihrem ersten Besuch bei Onkel Erik. Sie war ca. zwei Jahre alt, und ich vermute, dass ich gerade geboren war, und Tante Rosina,

Schwester von Lena, meine Mamá entlasten wollte. Lisa sah zum ersten Mal Seelöwen, Pelikane, Falken und Möwen. Vor allem das laute Brüllen der Seelöwen imponierte ihr, die – unterhalb der Promenadenmauer vom Fischmarkt – um abgetrennte Fischköpfe kämpften. Das Haus lag direkt am Fluss. Im Garten befand sich eine Hollywood-Schaukel. Der Steg war mit rötlichen ‚tejuelas‘ (Holzschindeln) aus Alerce, einem inzwischen unter Naturschutz stehenden patagonischen Zypressenbaum, überdacht. Heutzutage dürfen diese Bäume nicht mehr gefällt werden, stehen unter Artenschutz. Aber aus bereits umgefallenen Zypressen dürfen noch Schindeln gemacht werden. Sie sind deswegen so beliebt, weil das Holz selbstimprägniert ist und dem vielen Regen im Süden trotzt.

Diese Stadt am Fluss sollte in Lisas Geschichte 25 Jahre später noch eine bedeutende Rolle spielen.

Ist das Leben Zufall? Fügung oder Schicksal? Ist alles vorherbestimmt? Oder sind die Dinge, die uns widerfahren doch kein Zufall, sondern just Wahrscheinlichkeit? Gewisse Dinge passieren ohne Grund. Oder? Sollen wir uns damit abfinden, dass der Zufall in unserem Leben ein gewaltiges Wort mitzureden hat? ‚Gott würfelt nicht‘, hat Albert Einstein einmal gesagt. Also ist unser Leben eine Wundertüte? Das Leben selbst spielt sich in dem zeitlichen Kontinuum zwischen Geburt und Tod ab und ist voll mit dem, was wir mit unseren Fähigkeiten draus machen. Und dann sind da aber auch noch die Hindernisse, wobei wir selbst bestimmen, ob wir diese Hürden als Blockade oder Herausforderung wahrnehmen.

Noch befanden Lisa und ich uns auf einem seit unserer Geburt von unseren Eltern vorgegebenen Weg. Wir gingen mit. Und zwar dorthin, wohin sie sagten.

Samu bemerkte irgendwann: „Wir haben zurzeit nichts außer einem Körper, einer Seele und einem Pass. Aber wir sind gesund und ich bin zuversichtlich!"

Sein Optimismus reichte für uns Vier. Die Worte sagten aus, dass wir wohl noch einige Grenzen überschreiten würden. Auch die Eigenen.

Die Arbeitssuche gestaltete sich gar nicht so problematisch, wie man es bei einem 50-jährigen Juristen, der keinerlei Berufserfahrung als Rechtsverteidiger hatte, angenommen hätte. Nach einigen Wochen waren wir zwar geographisch in Afrika, aber politisch in Spanien gelandet. Auf den Kanaren wurden Samus Titel mit europäischem Verständnis wahrgenommen.
Eine Gelegenheit, bzw. ein Jobangebot wurde verhandelt, so dass Lisa und ich uns schon auf eine neue Schule freuten. Denn Schule bedeutete bleiben.

Maya gefiel die ‚Insel des ewigen Frühlings' voll und ganz. Wir würden in Santa Cruz leben und immer Blick auf den schneebedeckten Gipfel des Vulkans haben! Wie in der Heimat! Die milden Temperaturen, das Meer, die kanarischen Kiefer und der ganzjährig blühende Weihnachtsstern überzeugten sie endgültig.

Lisa fragte Papá wieso es eigentlich keine ‚canarios‘ (Kanarienvögel) gab. Die Inseln, sagte Samu, haben ihren Namen nicht wegen der Vögel. Der Begriff geht, so ist es vom römischen Schriftsteller Plinius überliefert, auf zwei große Hunde zurück, die Seefahrer mitgebracht haben sollen. Daraufhin bekamen die Inseln den Namen Canaria, abgeleitet vom lateinischen Wort ‚canis‘ für Hund.

Auch die Insel Tenerife sollte in Lisas Geschichte – ohne es zu ahnen – ca. 10 Jahre später noch eine bedeutende Rolle spielen.

1492 – Christoph Kolumbus begann von hier mit drei Schiffen (Santa María, Pinta und La Niña) seine Reise in die Neue Welt. Und wie wir wissen, entdeckte er Amerika anstatt in Indien zu landen.

1799 – Der Naturforscher Alexander von Humboldt unternahm im Alter von 30 Jahren eine große Forschungsreise. Auch er wollte in die Neue Welt, und seine erste Station war ebenfalls ‚Canarias‘.

1983 – Lisa zieht nach Tenerife. Für sie war es sowohl eine Entdeckungs- als auch eine Forschungsreise. Allerdings nicht von weltlicher Bedeutung. Es betraf nur ihr kleines buntes Leben.

Noch war sie aber 15 und die Kunst oder die Herausforderung der zwingenden Entscheidungen oblag den Eltern. Natürlich entwickelten wir Kinder uns zu jungen

Persönlichkeiten mit einer eigenen Meinung, eigenen Bedürfnissen und Ansichten. Und wir erhielten in gewissen Dingen auch ein Mitspracherecht. Allerdings immer im vorgegebenen Rahmen, um das Verantwortungsbewusstsein zu fördern und um zu lernen Konsequenzen zu (er-) tragen.
Unser Erfahrungshorizont war ja noch winzig.

Samu trieb es weiter. Die Insel der Drachenbäume gefiel ihm gut, die sozialen Leistungen aber – und das war ein einschlägiges Argument – waren in Europa bei einem Neuanfang für einen Mann in seinem Alter weitaus besser. Nun, das Geheimnis einer guten Entscheidung ist sicher Gefühl und Verstand simultan mitreden zu lassen.

Wir landeten genau da, wohin Samu und Maya Monate zuvor den Seekoffer verschifft hatten: in Hamburg.

Für uns, aus dem dünnbesiedelten Patagonien kommend, war so eine große Stadt, die aus mehreren Bezirken und hunderten von Stadtteilen bestand, ein Labyrinth aus Kirchen, Baudenkmälern, Klinkerfassaden, Kanälen und Brücken. Wir hatten noch nie so viele Container und Speicher in einem Hafen gesehen! In einem Supermarkt im Bezirk von Großtante Marga stand ich wie paralysiert vor der Käseauswahl. Bei uns gab es Käse. Den Käse. Hier gab es ganze Wände voll. Mit Walnüssen, rotem Pfeffer, hart, weich, geschnitten, von der Ziege, mit Löchern, aus Frankreich oder Italien. Ich wollte schon mit 5 sehr entschlossen einen Käsefabrikanten heiraten. Also den Einen, zu Hause.
Nun musste ich wohl umdenken. Es gab ja mehrere!

Lisa weinte jede Nacht, heimlich unter ihrer Bettdecke. Ich hörte es. Marga hatte eine kleine Wohnung. Samu und Maya schliefen auf dem ausziehbaren Sofa im Wohnzimmer. Lisa und ich auf Klappbetten bei und mit unserer Großtante in ihrem vollgestellten Schlafzimmer. Bereits nach drei Tagen klingelte ein Mann mit Brille, Krawatte und Aktenkoffer, und verwies Marga auf gesetzliche Regelungen und die Schulpflicht.

Wir waren die fremden, die ausländischen Mädchen, gleichgestellt mit Kindern von den sogenannten Gastarbeitern der 70er Jahre. Ja, klar unterschieden wir uns durch Herkunft, Nationalität, Sprache und Kultur. Das kannten wir. Das war in der Heimat eigentlich auch nicht anders. Lisa und ich waren Mestizen, Produkt einer Mischehe, und sahen dementsprechend nicht aus wie die indianischen Ureinwohner unseres Landes. Allerdings spürten wir aufgrund dieser Gegebenheit bisher keinerlei Fremdenfeindlichkeit. Wir erfuhren erst in Hamburg zum ersten Mal Geringschätzung, Ablehnung und Misstrauen. Wir bildeten zu zweit die kleinste Fraktion der Schule: ein ethnisches Duo.

Lange verblieben wir nicht in der Speicherstadt. Samu fand nach ca. 3 Monaten eine Anstellung als Jurist im Ruhrgebiet. Der neue Arbeitgeber in Bochum half sogar bei der Wohnungssuche. Maya erledigte sämtliche Formalitäten, während Samu sich aufatmend an seinen ersten Schreibtisch setzte und die ersten Rechtsschutzfälle übernahm. Lisa und ich kamen in eine Mädchenschule. Begeistert waren wir nicht, aber der Unterricht erledigte sich ohnehin innerhalb einiger Wochen von selbst, da laut Frau Direktor diverse Eltern über die beiden fremdländischen Mädchen Missbilligung geäußert hätten. Ein Lehrergremium erklärte Maya, nachdem man sie persönlich in das Rektorenzimmer gebeten hatte, dass wir zwei Mädchen der deutschen Sprache nicht ausreichend mächtig seien. Wir wären sozusagen eine Behinderung im Unterricht, eine Lernbremse für die Mitschülerinnen.

Dieser völlig absurde und unberechtigte Verweis ließ Maya verzweifeln. Sie ging wie benebelt mit uns tränenüberströmt die Straßen zurück nach Hause. Wie konnte das sein? Lisa und ich waren in Patagonien in einer Deutschen Schule, mit Lehrern aus Deutschland. Alle Fächer, bis auf spanisch natürlich, waren auf deutsch. Das Fach ‚Heimatkunde‘ handelte von Deutschland! In Chile! Ich bekam jedes Jahr einen Preis als beste Deutschschülerin der Klasse. Die einzige Erklärung für diese Abschiebung aus der Mädchenschule war unbestritten: Fremde nicht erwünscht.

Wir zogen uns weder in ethnische Nischen zurück, noch hatten wir von uns selbst den Eindruck, wir bräuchten als Zuwanderer irgendeinen Integrationskurs. Weder in Bezug auf die Sprache noch auf deutsche Traditionen. Samu bekräftigte bei einem Gespräch mit Maya, dass wir ganz bestimmt patriotischer erzogen wurden als jedes Mädchen dieser Schule, die uns abgefertigt hatte. Das stimmt wohl: Jeden Montag morgen wurde bei uns in der deutschen Schule die deutsche Fahne gehisst und die deutsche Nationalhymne gesungen. Wir waren deutscher als ein Apfelkuchen! Man nannte uns die ‚chucruts‘ (die Sauerkrauts). Wir trugen zwar keine Socken in Sandalen und hatten keinen Gartenzwerg vor dem Haus, aber Lisa und ich wurden von Großvater Eduard zum Beispiel nur erhört, wenn wir ihn auf deutsch ansprachen. Auch beim

Mittagstisch bestand Samu auf die Sprache, die in der Familie seit vier Generationen gesprochen wurde. Deutsch. Und zwar selbst-ver-ständ-lich!

Weder Samu noch Maya waren in der Stimmung gegen diese unbefugte Missbilligung zu argumentieren. Anstatt einer Auseinandersetzung mit diesem Lehrerensemble, sprich einer Diskussion über unterschiedliche Standpunkte, also einem Konfliktgespräch mit Xenophoben zu führen, suchten sie lieber nach einer Alternative. Unter uns, im zweistöckigen Haus mit damals sehr modernem Flachdach, war eine Familie aus USA eingezogen. Die beiden Söhne waren in unserem Alter und bereits in einem nahegelegenen Schulzentrum untergekommen. Außerdem hatten Lisa und ich uns bereits mit anderen Kindern in der Nachbarschaft der Baumhofstraße angefreundet, so auch mit zwei Mädchen, dessen Mutter Sportlehrerin in diesem Schulzentrum war. Aufgrund ihrer Zusprache und Unterstützung landeten wir sehr bald in unserer neuen Bildungsstätte.

Hier machten wir unsere Abschlüsse. Und da wir inzwischen unser Geburtsland en bloc idealisiert hatten, strebten weder Lisa noch ich eine langjährige Ausbildung an. Wir konnten uns gedanklich einfach nicht von dem zurückgelassenen Nest lösen. Alles, was wir wollten, war schnellstens in unser altes Quartier zurückzukehren. Es heißt, Heimweh tritt vor allem dann auf, wenn man nicht selbstbestimmt die Heimat verlässt. Dinge, die wir zurücklassen mussten, hatten wir vermutlich positiver in Erinnerung als sie waren.

War es pure Sehnsucht? Denn Anpassungsstörung war es nicht, wir hatten uns eigentlich auf die geänderte Situation eingestellt. Wir wollten nur dahin zurück, wo wir aufgewachsen waren.

Wieviel Heimat braucht der Mensch?

Warum konnte Bochum nicht zu unserer bleibenden Stadt werden? Warum konnten wir keinen Anker werfen? Wir hatten zwar eine holprige Landung, aber das Stolpern gehörte zum Übergang in unser anderes Leben.

Heimat ist subjektives Geborgenheitsempfinden, das mit einer konkreten Sache gekoppelt ist: eine Straße, ein Stadtviertel, eine Landschaft. Aber eigentlich ist Heimat gar kein Ort, es ist doch eher ein Gefühl!

Grundsätzlich stellt sich die Frage:
Brauchen wir eine Heimat?

Vermissten wir – Lisa und ich – sie etwa nur, weil sie nicht erreichbar war? Genügte es nicht sie in der Rück-schau zu begehen? Die Erinnerungen, die mit Bildern aufgeladen waren, die aus Sehnsüchten, Träumen, Gefühlen, Gerüchen und Geräuschen bestanden, hatten ja auch eine Kehrseite. Sie – diese Erinnerungen – waren auch gefüllt mit Schmerz, Leid und Verlust. Aber Lisa und ich assoziierten unser Herkunftsland vorrangig mit Gefühlen von Zugehörigkeit, sowie unsinnigerweise auch mit Sicherheit und Geborgenheit. Unsinnig, da es daran in Deutschland ja nicht mangelte.

Da Samu darauf bestand, dass wir in unser idealisiertes Patagonien nicht ohne ein Zertifikat in der Hand zurückkehrten, wählten Lisa und ich den kürzesten Weg einer Ausbildung. Eine dreijährige Lehre, auf zwei Jahre kürzbar. Vor Beginn ihrer Ausbildung im Hotelgewerbe und um die Wartezeit zu überbrücken, zog Lisa für einige Monate als Au Pair nach London. Diese erste Abnabelung von uns hat sie ihrem Tagebuch in trauriger und unglücklicher Stimmung anvertraut. Lisa lebte erst wieder auf, als sie in Hamburg mit weiteren multikulturellen Allroundern in ihr eigenes Wohnheim-Zimmer mit blau-weiß großkarierter Bettwäsche einziehen konnte, und sich in der Großküche des 5-Sterne-Hotels austoben durfte. Kochen und backen war ihr Ding: Schürze umbinden, Töpfe rühren, riechen, abschmecken und experimentieren, Rezepte schreiben, Menüs kreieren. Trotz vielseitiger und wechselnder Tätigkeiten im Haus, tendierte sie zur kreativen Abteilung im Hotelbusiness, wo Teamstärke und Fingerfertigkeit großgeschrieben wurde: Abteilung Food & Beverage. Lisa war die geborene Hotelfachfrau mit beachtlichem Organisationstalent und Leidenschaft für die Gastronomie.

Die Liebe zu meiner Schwester wuchs mit dieser kleinen – für uns groß gefühlten – Distanz. An vielen Wochenenden trampte ich von Bochum nach Hamburg um bei den Partys zusammengewürfelter Hautfarben mitzutanzen. Lisa verliebte sich in die Fröhlichkeit und Wärme von Marlon, einem Nordafrikaner. Die beiden romantisierten ihre Beziehung, sie nahmen kulturelle Unterschiede gar nicht wahr.

Es entstanden Freundschaften fürs Leben. Aber bunte Menschen sehnen sich auch nach einem bunten Leben, so dass üblicherweise die Belegschaft nach Abschluss der

Ausbildung ein Interchange innerhalb der Hotelkette anstrebte und sich demzufolge die neuen Freunde auf dem Globus wild verstreuten.

Auch für Lisa hieß es, wie von vornherein beabsichtigt und geplant, nicht nur von Marlon Abschied zu nehmen, um endlich die verwurzelte Sehnsucht nach Heimat zu stillen. Im Gepäck dabei hatte sie die Erinnerungen an eine außergewöhnliche heißblütige Romanze, an den Einblick in eine fremde Kultur und ein von Marlon handgeschriebenes Buch voller afrikanischer Rezepte, die er für sie gekocht hatte. Darunter Falafel (frittierte Kichererbsen-Bratlinge), Köfte (kräftig gewürzte Hackfleisch-Bällchen), Schisch Kebab (Grillspieß aus mariniertem Lammfleisch) und ihr Lieblingssalat Taboulé (aus Couscous, glatter Petersilie, Tomaten, Frühlingszwiebeln, Olivenöl und Zitronensaft). Lisas neue Passion wurde aber Marlons ‚café des épices‘, bei dem er Gewürze wie Sesam, schwarzen Pfeffer und Muskatnuss zu den Kaffeebohnen mischte und mahlte, bevor er den Kaffee aufbrühte. Ein kleines Repertoire französischer Wörter, die sich Marlon als Kosenamen für sie ausgedacht hatte, behielt sie im Sinn. Eine Kupfermünze aus seiner Heimat, die er ihr als Glücksbringer heimlich zugesteckt hatte, entdeckte sie erst später in ihrem Portemonnaie. Sein ‚Yallah Yallah‘ (los, mach schon) würde ihr sicher noch Jahre in den Ohren klingen und ihr dabei immer ein Lächeln entlocken.

Die Außergewöhnlichkeit der Beziehung zwischen Lisa und Marlon war, dass beide wussten, dass es sich um eine temporäre ‚Liaison‘ handelte. Es gab keinerlei Vorstellungen einer gemeinsamen Zukunft. Keine Pläne. Keine Absichten. Kein Entweder/Oder. Ihr Leben war, wie erwartet, an einer Kreuzung angekommen und jetzt würden Zwei, die bisher verbunden waren, in verschiedene Richtungen streben. In aller Regel sind Trennungen schmerzhaft, nur diese verlief ganz ohne Drama. Sie wussten, sie würden den anderen weiterlieben und dabei dennoch entspannt auseinander gehen, ohne sich bitter zu verstricken. Freiheit beginnt im Kopf, angetrieben durch das Gefühl, dass es weitaus mehr gibt als das bisher Erlebte. Beide waren noch zu jung, um zu bleiben. Und hungrig nach neuen Eindrücken.

Wer ständig glücklich sein möchte,
muss sich oft verändern.
~ Konfuzius ~

Ich gebe Konfuzius völlig recht. Alles verändert sich. Dinge verändern sich. Umstände verändern sich. Gefühle verändern sich. Das Oberflächliche, das Tiefgründige. Es ist völlig naheliegend, dass auch wir uns verändern.

Mit ihrem 23-Kilo-Koffer checkte Lisa ein. Wir winkten ihr sogar noch nach, als sie gar nicht mehr zu sehen war. Unsere Hände wollten einfach nicht fallen. Erste Etappe Frankfurt–Dakar, ca. 4.500 km Luftlinie. Aufenthalt. Umsteigen. Zweite Etappe Dakar–Santiago de Chile, ca. 8.000 km Luftlinie. Alles in allem knapp 18 Stunden Flugzeit bis zur südlichen Halbkugel.

Es ist 1980 und Lisa ist 23 Jahre jung, als sie den deutschen Sommer gegen den chilenischen Winter tauscht.

Es war in der Hauptstadt die klarere, die kühle Jahreszeit, wobei die Temperatur am Tag durchschnittlich bei circa 15° C lag. Motiv des Ortswechsels war nicht existentiell, und Lisa brauchte für ihre Aus- und Einwanderung kaum Vorbereitung oder Planung. Es ging nicht um Verbesserung der Lebensverhältnisse. Sie wollte einfach und allein zurück zu ihrer Quelle. Da, wo für sie das Glück im Ursprünglichen zu finden war. Und somit landete sie bei Romy und Jules, ihren Pateneltern.

Das Haus befand sich in einem der grünsten Stadtviertel einer östlich gelegenen Gemeinde. Bungalows im mediterranen Stil prägten das südländische Flair. Im Garten befand sich ein kleiner Pool, und abgesehen von den blauen Augen der beiden Huskys, die Lisa neugierig bemusterten, wurde sie von der 5-köpfigen Familie herzlich empfangen. Verona, Sebastián und Nena stellten ihre Zimmer so um, dass auch die ‚Cousine aus Europa' (Lisa) Platz fand.

Im Bankenviertel, inmitten moderner Bürogebäude, befand sich das Hotel, wo Lisa ihre erste Anstellung als Housekeeping Manager (Gouvernante) antrat. Sie war die gute Seele des Geschäfts. Als Verantwortliche für die Sauberkeit in allen Bereichen des Hotels, wie Gästezimmer, Hotelhalle, Empfang, Flure und Treppenhäuser, oblag ihr die Arbeits- und Personaleinteilung, die Koordination der Arbeitsabläufe, und die Regie über die Lager- und Depotverwaltung. Sie schulte Zimmermädchen und achtete streng auf das Erscheinungsbild und die Umgangsformen des Personals.

Das Gepäck der Gäste wurde bei der Ankunft vom Portier in Empfang genommen und von einem Pagen auf die Zimmer gebracht. Lisa begegnete Robin zum ersten Mal in der 12. Etage, wo er mit einem Koffer den Flur entlang Salsa tanzte. Sie verliebte sich unmittelbar in die kraftvolle tiefe Stimme des Kofferträgers, der sich ertappt fühlte und lauthals lachen musste. Er war groß, schlank, schwarz gelockt und hatte arabische Gesichtszüge. In den kommenden Tagen ging Lisa immer vorne an der massiven Drehtür des Hotels vorbei, bevor sie den hinteren Personaleingang nahm. Sie musste ihn wiedersehen! Aber sie kannte weder den Dienstplan der Rezeption, noch mochte sie in der Lobby nach ihm fragen. Er kursierte unentwegt in ihren Gedanken.

Anscheinend ging es ihm auch so, denn wie von Lisa ersehnt ließ er ihr 5 Tage später eine Nachricht in die Waschküche zukommen: Ein kleiner Umschlag an ‚Lisa‘. Darin eine getrocknete Wiesenblume und 2 Karten fürs Kino. Von ‚Robin‘.

Ein Jahr später – als ich selbst zurückwanderte – durfte ich Robin kennenlernen und er machte es mir sehr leicht, ihn sofort gern zu haben. Leider trübte der damals noch stark herrschende Klassismus die Beziehung. Robin, der aus ärmlichen Verhältnissen kam, quälten Selbstzweifel, die durch die wahrgenommene öffentliche Ablehnung gefördert wurden. Daraus resultierten Minderwertigkeitsgefühle gegenüber Lisa. Es gelang ihnen nicht zwischen Unterschieden und Gemeinsamkeiten eine Balance zu halten, so dass die Verbindung später zerbrach.

Inzwischen hatte also auch ich ein Zertifikat in der Hand, so dass ich endlich wieder mit meiner Schwester zusammen sein konnte. Als ich ankam, hatte sie alarmierend abgenommen und lag mit Typhus im Bett, hatte sich vermutlich durch verunreinigte Nahrung oder verseuchtem Trinkwasser angesteckt. Sie litt unter steigendem Fieber, Kopf- und Bauchschmerzen, Appetit- und Schlaflosigkeit. Jules verabreichte ihr eine hochdosierte Schluckimpfung. Nach etwa 10 Tagen, in denen Lisa aufgrund durchgehender Übelkeit nur dem Kamillentee von Romy zustimmte, senkte sich allmählich wieder das Fieber. Schleppend, aber peu à peu, konnten wir meine entkräftete Schwester stabilisieren.

Nun ging es darum für mich eine Arbeit und für uns eine gemeinsame Bleibe zu finden. Lisa wohnte schließlich seit einem Jahr im Nest der Familie. Die Erdgeschoss-Wohnung, die wir mieteten, hatte eine große offene Küche zum Wohnbereich, zwei Schlafzimmer und eine mit Inkaliliengewächs umpflanzte Terrasse zum Palmen-Park der bewachten Wohnanlage. Robin war damals, abgesehen von Freunden, die ein- und ausgingen, unser Hauptgast. Wir feierten das Präsens, es zählten die Momente. Ich lebte in einem Rausch von Stolz und Glück mit meiner immer gutgelaunten besten Freundin zusammen. Durch ihre positive Grundeinstellung steckte sie alle mit Optimismus an. Wir erfanden kuriose Feiertage, wie den Tag-der-Papaya, um begründete Partys zu organisieren. Dabei verschlossen wir banausisch die Augen vor essenziellen Dingen, und heute ist mir klar: diese Zeit war unsere intensivste ‚Wir-Phase‘. Leichtigkeit großgeschrieben.

Mit Verona, Sebastián, Nena und Freunden fuhren wir in Täler außerhalb der Stadt, um an einem Fluss oder Bergsee zu grillen. Es fehlte niemals an Lamm, Maiskolben, Apfelmost oder einer Gitarre. Wenn wir an den

Pazifik fuhren, füllte Lisa zig Picknick-Körbe mit Finger-food.

Etwa eineinhalb Jahre später erlitt das Land eine Wirtschaftskrise. Jules sagte: „Wenn USA noch einmal hustet, wird unser Land eine Lungenentzündung bekommen.“

Das Ingenieurbüro, in dem ich arbeitete, war betroffen und meldete Insolvenz an. Baustellen stagnierten, Investoren transferierten ihre Gelder in die Schweiz, die Rezession führte zu einem Konjunkturtief. Ich hatte null Reserven. Lisa übernahm unsere sämtlichen Kosten. Um etwas beizutragen, half ich einige Monate in der Cafeteria von Romy mit, was mir allerdings nicht als Dauerbeschäftigung zusagte. Die Suche nach einer neuen Arbeitsstelle demotivierte mich, so dass ich wiederum meinen Koffer packte und ins alte Europa zurückkehrte. Mittlerweile hatte ich das erforderliche Alter um mich in der Touristikbranche als Reiseleiterin zu bewerben. Lisa blieb nur noch einige Monate allein in unserer Wohnung, und entschied sich für ein Angebot eines Ski-Resorts. Sie durfte die Wintersaison im Schnee arbeiten. Die Atmosphäre, die konträrer zur sonnigen Metropole nicht sein konnte, war genau das Richtige, um die geplatzte Beziehung mit Robin zu versiegeln. Sie legte sich einen ganz anderen Begleiter zu: einen Bernhardiner. Der treue Lawinenhund wuchs bei ihr auf, war langhaarig, hatte rot-braun-weißes Fell, war sensibel und hatte den typischen Dickkopf der Rasse.

Anfang 1983 wurde mir mein erstes Zielgebiet als Reiseleiterin zugewiesen: Die Kanaren. Und diesmal folgte Lisa mir! Nach der Ski-Saison wurde das Resort in

den Anden geschlossen, so dass ein Ortswechsel un-
weigerlich bevorstand. Ich hatte inzwischen Bekannt-
schaft mit einem chilenischen Bauherrn gemacht, der für
das damals innovative Time-Sharing warb. Ich sollte Lisa
fragen, ob sie sich vorstellen könnte, das Verkaufsbüro
zu übernehmen. Ich rief sie unmittelbar an. Sie war
begeistert, und zwar vorrangig deswegen, weil wir wieder
vereint zusammenleben würden. Zwischen den Dra-
chenbäumen, an der Küste Westafrikas, da, wo wir 11
Jahre zuvor mit Samu und Maya noch mit ungewissem
Ziel ins Irgendwo stapften.

„Und, wann könntest du kommen?"

„Ich packe sofort!"

Während ich im grünen Norden der imposanten
Vulkaninsel eingesetzt war, zog Lisa in den Süden, der
touristisch boomte. Das Ortsbild von Playa war geprägt
von zahlreichen Hotels, Restaurants und Laden-
geschäften entlang großflächig angelegter Fußgänger-
zonen und Promenaden am Rande der Wüste mit
goldenem Sand zum Atlantischen Ozean.

Obwohl sich die Tage auf der Insel nicht großartig von-
einander unterschieden, war trotzdem jeder einzelne Tag
wunderschön. Es war eine bereichernde Erfahrung, dass
es gar nicht so viel braucht, um eine stabile Zufrie-
denheit zu empfinden. Selten wird man so intensiv
erleben, dass der Inhalt eines Koffers, selbst auf längere
Zeit, völlig ausreichend ist, als wenn man Reisender ist.
Als Passagier des Lebens stellte sich uns niemals die
Frage: ‚Wie viel Karriere brauche ich?' Wir beschäftigten

uns eher mit der Kopfnuss ,Ankommen, Bleiben oder Weiterziehen?'

Lisa blieb 9 Jahre! Beim Time-Sharing kauften sich Urlauber in eine Ferienanlage ein, wobei sich Lisa um sämtliche Formalitäten kümmerte und parallel dazu als Dolmetscher zwischen Käufer und Notar jonglierte. Gegenüber der Passage, wo sich das Immobilien- und Baubüro befand, lud das Restaurant ,El Camarón' (Die Garnele) zur geselligen Pause mit Meerblick ein. Oft traf sich Lisa auf dieser Terrasse mit Freunden, wo sie sich, zwischen Dattelpalmen in großen Terracotta-Trögen, mittags einfanden. Sie nannten es ,Snalk' (Snack & Talk). Paco, der Gastronom, war der Tapas-Pharao der Promenade und Lisa fuhr nicht nur auf seine Appetithäppchen ab. Ihr Favorit waren die Thunfisch-Empanadas mit Mojo Verde, eine traditionelle kanarische Sauce (hauptsächlich aus Petersilie, Koriander, Knoblauch, Öl und Essig). Dies entging Paco nicht, so dass er ihr immer, wenn sie sich nur näherte, schon damit entgegenkam: mit einer kleinen Empanada und einem Wangenkuss. Er stellte Lisa jedem Tischgast, der im Tourismus tätig war, als ,La Chilena' vor, und gab mit ihren Fähigkeiten an. So bekam sie eines Tages von Stammgast Juan Torres das Angebot die Anlage ,Villas Buena Vista', die aus 99 Bungalows bestand, zu leiten. Ihre Zusage und Einstellung feierte sie am gleichen Abend mit Freunden am Strand. Auch Paco kam dazu und das war der Beginn von Lisas Geschichte ,Verliebt in einen verheirateten Mann'.

Dieses Lebensintermezzo brachte natürlich viele Schwierigkeiten und offene Fragen mit sich. Lisa war sich über ihre Gefühle im Klaren. Es war nicht der Reiz des Neuen, des Fremden und des gewissermaßen Unerreichbaren. Sollte dies nur ein Abenteuer sein? Er ließ ihr Herz so sehr höher schlagen, und Gefühle lassen sich nicht weghexen. Musste sie diesen Mann trotzdem vergessen? Eine heimliche Affäre ist für alle Beteiligten schwer auszuhalten oder sehr verletzend. Trotzdem hielt Paco es für seine Pflicht, bei der Familie zu bleiben, selbst und obwohl diese Pflicht ihn und Lisa erdrückte. So führte er ein Doppelleben. Während er montags bis freitags mit und bei Lisa in Playa wohnte, sah man ihn an den Wochenenden in der nahegelegenen Hafenstadt mit Ehefrau und Kind spazieren gehen. 5 Jahre lang. Wer einmal einen gebundenen Menschen geliebt hat, wird wissen, wie unfassbar schwer eine Entscheidung für eine ‚Trennung aus Anstand‘ ist. Lisa glaubte an ein gemeinsames Glück und lebte mit den Fragen im Kopf, den Schmetterlingen im Bauch, den unerwünschten Hypothesen der Außenstehenden und den Konsequenzen. Sich zu verlieben, passiert einfach. Wenn das Herz klopft, hat das Hirn Sendepause. Verliebt zu sein war das eine, eine gemeinsame Zukunft zu planen das andere. Wenn also ihre Liebe eine Chance haben sollte, musste er sich von seiner Ehefrau trennen. Und diesen Schritt konnte Lisa nicht für ihn gehen. In der Regel trifft niemand eine solche Entscheidung von heute auf morgen, schon gar nicht ein sehr katholischer Mann. Christlich genug um sich nicht zu trennen. Nicht christlich genug um fremd zu gehen. Ob Paco sich fair verhielt, stand auf einem anderen Blatt. Er fragte sich und Lisa:

„Wenn Liebe unser höchstes Gut ist, wie können wir dann eine Verbindung verdammen, die aus Liebe entstanden ist?“

Und den passenden Moment, die Reißleine zu ziehen, hatten beide verpasst. Sie steckten in diesem Kuriosum, in dem die Nähe des anderen alles war, was sie brauchten, um glücklich zu sein. Und beide wussten: Die Frage war nicht, ob es enden würde, sondern, wie? Dass man auch als Affäre die Betrogene sein kann, erfuhr Lisa, als Paco ihr erzählte, dass er wieder Vater werden würde.

Lisas Glück im Unglück war, dass sie diesmal ein Angebot aus Frankfurt bekam. Die chilenische Fluggesellschaft plante eine neue Flugroute. Vorerst ein Flug pro Woche zwischen FRA (Frankfurt) und SCL (Santiago de Chile), mit dem Konzept zu expandieren. Gesucht wurde ein trilinguistischer Repräsentant der Airline, der von der ersten Stunde an die Leitung des neuen Standortes übernehmen sollte. Das bedeutete Anmietung und Einrichtung des Citybüros, Einstellung von Personal, Suche nach Backoffice am Terminal, Kontakt zum Zoll und zu Speditionen betreffend Organisation von Cargo, etc.

Abgesehen davon, dass die Insel zu klein war um Paco aus dem Weg zu gehen, hatte Lisa ein enormes Bedürfnis nach Veränderung. Also kündigte sie mit Tränen in den Augen bei Juan, der inzwischen ein Freund geworden war, und rief danach bei mir an. Ich lebte mittlerweile in Deutschland und schrie vor Freude ins Telefon.
Wir würden wieder vereint sein! Auch wenn es nur für kurze Zeit wäre, denn ich kannte sie. Das war bestimmt nicht Lisas Endziel.

Sie schaute sich auf ihrem letzten Weg zwischen Anlage und ihrem Häuschen mehrfach um, bis sie ‚ihre‘ 99 Bungalows nicht mehr sah. Pacos persönliche Dinge hatte er bereits einige Wochen vorher abgeholt. Die

Erinnerungen an die Affäre aber, die klebten noch im Innenleben des Hauses, doch die Schwere ihres Herzens wurde durch das neue Vorhaben etwas besänftigt.

Lisas ‚Zwischenstopp' in Frankfurt dehnte sich – zu meiner Begeisterung – auf Jahre aus. Inzwischen flog die Airline täglich, die Expansion war gelungen. Diese Zeit war nötig um Paco abzuschütteln und sich selbst wiederzufinden. Mit 4000 km Abstand zu ihm war es einfacher die ganze Situation sachlicher zu bewerten.

Gestärkt übernahm sie wieder die Kontrolle über ihr eigenes Leben. Erst später wurde ihr ganz klar: sie würde nie wieder eine Zweitfrau auf Dauer sein. Jetzt wusste sie: Das wichtigste Kriterium einer großen Liebe ist, dass man dem anderen den ersten (wichtigsten) Platz in seinem Leben einräumt.

Es war 1997 und Lisa zählte 40 Jahre voller Bewegung, als sie einen Anruf von Gustavo aus Santiago bekam. Der alte Freund aus den Hotel-Zeiten in der Metropole, als sie Gouvernante und er ihr Lieblingskollege aus der Sales- & Marketingabteilung war, informierte sie über die vakante Stelle eines Direktors für das historische Haus ‚Blue River' im nördlichen Patagonien, in der sogenannten ‚Región de Los Rios' (Flussregion). Das betagte Hotel befand sich in der Stadt von Tante Rosina und Onkel Erik, wo Lisa als Zweijährige ihre ersten Ferien verbrachte. So wie das Haus der Beiden, lag auch das Hotel direkt am Fluss. Lisa konnte sich wage an das alte Gebäude erinnern, dessen Fassade pfirsichfarben gestrichen war. Historisch, da es 1960 beim schwersten Erdbeben weltweit (mit einer Stärke von 9,5), und dem dadurch bis zu 25m hohen ausgelösten Tsunami, stehenblieb. Das Haus wurde damals daher zum Gastgeber von Journalisten aus der ganzen Welt, die über eine der größten nationalen Katastrophen berichten wollten: Die Stadt, die komplett um zwei Meter gesunken war und nahezu völlig zerrüttet wurde. Dieselbe Stadt, die 50 Jahre zuvor praktisch restlos ausgebrannt war.

Die Panoramaaussicht der oberen Etage, wo sich Lisa vorerst in eine Suite eingenistet hatte, war atemberaubend. Sie konnte sogar den Fluss ins Meer münden sehen. Gustavo hatte ihr als Willkommensgeschenk ein großes geschnitztes Pferd aus Zirbelholz auf eine Anrichte stellen lassen. Er wollte ihr damit Stärke und Durchsetzung für die kommende Aufgabe als erste weibliche Hoteldirektorin des Landes wünschen. Sie genoss das Ambiente, und den Geruch nach Feuer in den offenen Kaminen. Die stilvolle Bar aus den 50er Jahren, dunkel vertäfelt, mit umlaufender Hutablage, versetzte sie in eine andere Zeit. In diesem Raum, wo man außer raschelnden Zeitungen nur jonglierende Cocktailshaker wahrnahm, war die Welt stehengeblieben. Ihr Büro, rechts vom Entrée, hatte ein Fenster zur Hoteleinfahrt, so dass Lisa jeden Gast ankommen sah. Sie schnellte zur Rezeption und empfing die Fremden persönlich. Beim Begrüßungsritual am Gelände der Empore zur grandiosen Treppe, die zum Restaurant runterführte, übergab sie eine Einladung zum Welcome-Drink, die Tageszeitung der Kommune, und ihre Visitenkarte.

Lisa Lackner
Directora
Hotel Blue River

Lisa musste selbst schmunzeln, wenn sie das las. Sie war zum zweiten Mal zurück in der Heimat, diesmal für immer.

Der Erhalt des Hauses stand auf der Kippe. Das wusste sie. Die grauhaarigen Ratsmänner der Stadt wollten das ‚Haus der Geschichte‘ retten, doch ein Gremium aus innovativen Immobilien-Geschäftsleuten setzte sich durch. Nach fast einem halben Jahrhundert des Lebens und vor dem nostalgischen Blick derer, die Zeugen seiner glorreichen Jahre waren, begann der Abriss des Gebäudes. Nach und nach fielen die Fundamente zu Boden. Die Abbruchmaschinen gaben nicht auf. Ein Stück Erbe zerfiel zugunsten des Fortschrittes, und Lisas geliebtes Hotel hörte auf zu existieren. Es würde immer in der Erinnerung derer bleiben, die das Privileg hatten, einen seiner Räume zu betreten.

Lisa blieb als Direktorin im Homeoffice und wurde Ansprechpartner für den Bauherrn. Das neue Hotel ‚River Dreams‘ sollte mit luxuriösen Zimmern ausgestattet werden. Sie würden – und das bedauerte sie so sehr – jedoch niemals die Geschichte und den kulturellen Wert des inzwischen zerfallenen Gebäudes haben.

Richtig ausfüllend war die Rohbauphase für Lisa nicht. Zwar wurde sie permanent zu Baubesprechungen hinzugerufen, da ihr professioneller Rat in Bezug auf Raumaufteilungen gefragt war, aber das reichte ihr nicht. Sie meldete ihr eigenes Gewerbe an, nannte es ‚Outdoors‘ und organisierte Stadt-, Fluss- und Landausflüge. Ob per Jeep über Serpentinen in die Berge, per Schlauchboot in wilde Gewässer, oder auf dem Rücken

eines Pferdes zum Krater eines Vulkans: ihr Repertoire
war von moderat bis extrem.

Dabei wurde eine Filmgesellschaft auf sie aufmerksam.
Drei Sommermonate lang konnte sie als Produktions-
leiterin für die Serie ‚Liebe an Bord‘ durch das Land
rotieren. In der Reihe wurden dramatisch romantische
Verwicklungen der Passagiere eines Kreuzfahrtschiffs
gefilmt. Jede Folge in einem anderen Land, diesmal
Chile. Der Job war eines der alleraufregendsten Beschäf-
tigungen in Lisas Leben. Als Partnerin der Regie, deren
kreative oder utopische Vorstellungen sie unterstützen
sollte, musste sie nebst Drehplan und Einholung von
Filmerlaubnissen eine Kostenkalkulation erstellen. Sie
sollte das Team und die einzelnen Schritte überwachen,
und musste sofortige Lösungen finden, wenn es zu
Ausfällen oder Verzögerungen kam. Die waren natürlich
vorprogrammiert. Wenn das Wort ‚mañana‘ (morgen)
fiel, schlug Lisa energisch kopfschüttelnd und mit den
Händen fuchtelnd ein ‚¡no!‘ zurück. Und so konterte sie
sich 12 Wochen durch, forderte ein und gewann. Es lief,
abgesehen von den Launen und theatralischen Aus-
brüchen mancher Schauspieler, insgesamt rund. Ganz
besonders hatte Darsteller Paul eine Persönlichkeits-
störung, die sich durch theatralisches, affektiertes und
gleichzeitig egozentrisches Verhalten manifestierte. Er
neigte dazu übertriebene Gefühle zu zeigen und hatte ein
starkes Bedürfnis nach Aufmerksamkeit, Lob und
Anerkennung. Lisa ignorierte ihn partout, stellte klare
Regeln und Grenzen auf und schaffte es gekonnt sich
und die Crew von seinem manipulativen Verhalten zu
distanzieren. Paul sollte und konnte das Erlebnis an sich
nicht trüben.

Die Reise mit dem Filmteam und den Protagonisten ging von Nord nach Süd, über Land und Wasser, von der Wüste quer über die Weintäler, bis runter zu den Eisgletschern. Für die jungen Darsteller war die Tour durch ,Das Land aller Klimazonen' selbst und bei jedem Wetter aufregend, während einige der älteren, vom Luxus verwöhnten Darsteller, in der Wüste ein Faxgerät forderten (was ohne Empfang keinen Sinn machte) oder auf dem Schlauchboot bei 6 Grad den Regisseur fragten: ,Wer will schon am Ende der Welt Eis im Regen sehen?'
Animositäten nahm Lisa nicht hin. Sie konnte Missmut eher ganz wunderbar ignorieren. Und sie hatte diese eine erstaunliche Stärke sich gänzlich auf das Wesentliche zu konzentrieren, Klischees zu umgehen und frei von Dogmatismus mit dem Herzen zu sehen.

Laut Lisa entstanden außer im Tal des Mondes und im Feuerland weitere Highlight-Szenarien auf der Osterinsel ,Rapa Nui'. Im Südostpazifik, politisch zu Chile, geographisch jedoch zu Polynesien gehörend, liegt die im Jahr 1722 von Niederländern am Ostersonntag entdeckte geheimnisvolle Insel der Moai (monumentale Steinskulpturen). Gedreht wurde in dieser mysteriös-mystischen Aura unter Kokospalmen, am Sandstrand, in einer Höhle und natürlich auch an den bis zu 14 Meter hohen stummen Tuffstein-Wächtern der Insel.

Nach diesem dreimonatigen Lebenseinschnitt kehrte Lisa beschwingt durchblutet und leicht aufgedreht zurück. Um Garten, Post und Sir Pancake, ihrem Bernhardiner, hatten sich Freunde gekümmert. Anfragen an ,Outdoors' stapelten sich, zumal sie während der Tour zahllose neue Kontakte geknüpft hatte.

Trotz der vielen organisatorischen Aufgaben ihres eigenen Unternehmens stimmte sie der Bitte von Walter (dem Bauherrn des neuen Hotels) zu, und übernahm für 4 kleinere Gasthäuser seiner Freunde die Managementberatung. Das bedeutete für sie ein Leben aus dem Koffer von montags bis donnerstags, rotierend von einem Haus zum nächsten. Sie lagen alle an nahegelegenen Seen, mit einer überschaubaren Bettenanzahl, einer Handvoll Mitarbeiter und die Übernachtungen wurden lediglich mit kontinentalem Frühstück angeboten. Lisa liebte das Leben im Zirkel.

Während der Baujahre des ‚River Dreams‘ dehnte sich Lisas Bekanntheitsgrad aus. Sie wurde Präsidentin des regionalen Tourismusverbandes und setzte, dank ihrer Position in der Branche, soziale Hilfsmittel durch. Sie engagierte sich für Nachhaltigkeit, entwarf Konzepte für die Kommune als ‚Naturerlebnis‘, und zog ein bedeutendes touristisches Netzwerk groß. Sie glaubte fest an den Wert der Bildung, und als es endlich so weit war, dass sie als ‚La Señora Directora‘ das neue Hotel bezog, arbeitete sie ein duales Lern- und Arbeitskonzept aus, das es so im ganzen Land noch nicht gab. Damit hatten minderbemittelte Jugendliche die Chance auf eine durch den Tourismusverband finanziell unterstützte und von Lisa assistierte Berufsausbildung. Auf diese Förderung wurde auch der Ältestenrat der Stadt aufmerksam. Einige betagte Frauen der greisen Ratsmänner wurden aktiv und gründeten leidenschaftlich engagiert eine Stiftung. Diese setzte sich für die Entwicklung einer zeitgemäßen Lernkultur ein und förderte Chancengleichheit. Schirmherrin war Tante Rosina.

Das moderne Resort, bestehend aus Hotel, Wellness-Etage mit Infinity-Pool, Casino, Gastronomie und Dachterrasse mit Skybar, boomte. Lisa musste ihre Outdoors-Aktivitäten zurückfahren. Das ‚River Dreams‘ und seine 300 Angestellten nahmen sie gänzlich ein. Walter erschien unregelmäßig ca. alle 14 Tage um zu sehen, wie es seiner ‚Gringita‘ ging. Mit Gringo bezeichnet man in Lateinamerika – nicht immer im positiven Sinne – einen Amerikaner oder Europäer, sprich einen Weißen. Aber durch Walters Verniedlichung des Wortes wirkte der Kosename für Lisa fast zärtlich. Das Verhältnis zwischen Inhaber und Directora hatte etwas Erhabenes. Dynamische Meetings, für die sie sich meistens zum Tagesende mit Wein und Käse in einer Nische der Dachterrasse zurückzogen, manifestierten die gegenseitige respektvolle Verständigung.

Ihre alte Visitenkarte wurde minimal geändert:

Lisa Lackner
Directora
Hotel River Dreams

In den letzten Jahren begegnete Lisa einigen interessanten männlichen Charakteren. Allerdings war sie durch ihre Allround-Tätigkeiten zeitlich so sehr eingespannt, dass sich lediglich kurzlebige Liaisons ergaben.

Dann landete Vincent in ihrem Herz.

In dem großen Hotel konnte Lisa nicht mehr, wie früher im alten Haus, jeden Gast persönlich empfangen. Aber ihr emphatisches Temperament verzehrte sich nach Nähe, Austausch, Aktivitäten und Verantwortung. Ihr Einfühlungsvermögen und ihre Sensibilität für emotionale Signale half ihr Probleme zu lösen, manchmal sogar, bevor sie anderen bewusst waren. Sie konnte Menschen zusammenbringen (und wie sie das konnte!) und positive Energie für einen guten Zweck erzeugen. Diese Charakterzüge trieben sie konstant und mehrfach am Tag raus aus dem Büro in die turbulente Lobby. Da, wo die Kronleuchter für edles Ambiente sorgten und man den Puls der Gäste lebhaft wahrnehmen konnte.

Ein Puls – allerdings – implodierte nahezu…

Jedes Mal, wenn Vincent auftauchte, verwandelte sich Lisas Bauchdecke gefühlt in eine Landepiste für einen turbulenten Helikopter, der ihr Gleichgewicht ins Wanken brachte. Kann man sich schlagartig in einen Fremden verlieben? Valentina, Lisas rechte Hand und Chefin der Rezeption, bemerkte die Nervosität ihrer Vorgesetzten und Freundin.
Sie dachte sich den Code-Namen ‚Forest Man‘ aus, um Lisa über die nächste Ankunft zu informieren.

Ein Ort. *Zwei* Unbekannte. *Drei* Blicke.

Lisa überlegte, ob sie nicht irgendwie ihrem Glück auf die Sprünge helfen und als Frau aktiv werden sollte. Aber in ihrem Kopf war der Gedanke fest verankert, dass ein Mann auf die Frau zugehen muss. Er sah nicht schüchtern aus, also sendete sie ihm mit ihrem Lächeln verschmitzte Signale. Vincent verstand. Und er ergriff bei seinem dritten Besuch die Initiative, zog die Augenbrauen hoch und fragte sie zwinkernd nach den Öffnungszeiten der Skybar (die er kannte), um sie dann am gleichen Abend zu einem Gin-Tonic um 18 Uhr auf die Dachterrasse einzuladen.

Ob es die blaue Stunde, die Lichter der Stadt oder die Höhe der Etage war? Lisa fühlte sich wie auf Wolke 7. Sie vergaß jeglichen Ballast des Tages und spürte ein Kribbeln im ganzen Körper. Und doch hatte sie Angst davor, beim Kennenlernen etwas zu übersehen (den Ring zum Beispiel) und sich auf ihn einzulassen. Diese Begegnung war – nach Jahren – mal wieder eine, die sie 100 % vom Hocker warf. Ihre Werte passten zusammen: Ansichten, Humor und die gemeinsame Liebe für die Natur und vor allem für Pferde. Vincent wirkte souverän, hatte ein realistisches Selbstbild, und es gefiel Lisa, wie er ruhig und gelassen, nicht übermäßig nervös, sondern eher charismatisch mit Gestik und Mimik ihr Herz überfiel.

Vincent, alias Forest Man, war Fachanwalt für Agrar- und Forstrecht, mit Stützpunkt Nord, aber einem Stamm an Klienten in Patagonien. Dies begründete seine wöchentlichen Reisen in den Süden. ‚River Dreams‘ war der perfekte Standort für seine geschäftlichen Handlungen. Wie Samu kämpfte auch er für eine Welt, in der jeder zu seinem Recht kam. Er half Bauern bei all ihren landwirtschaftsbetrieblichen Problemen.

Einige Wochen nach dem ersten Drink auf Wolke 7 übernachtete Vincent nicht mehr im ‚River Dreams‘, sondern bei Lisa im Haus. Dass er – der so verdammt gutaussehende, für sie unwiderstehliche Forest Man – verheiratet war, verdrängte sie. Während die damals schmerzliche 5:2–Beziehung mit Paco inzwischen geheilt war, stürzte sich Lisa mit Vincent in ein 2:5–Verhältnis. Zwei Tage pro Woche bei/mit ihr (ohne Ring) im Süden versus 5 Tage pro Woche bei/mit der Anderen (mit dem Symbol für Treue an seinem rechten Ringfinger) im Norden.

Lisa und Vincent lebten eine passionierte Art von Liebe, in der ihre Gedanken unaufhörlich in großer Intensität um den Anderen kreisten. Wie winzige Aufsässige im Hirn. Obwohl Lisa mutwillig versuchte die kleinen Kopfbewohner loszuwerden, kehrten ihre Gedanken immer wieder zu Vincent zurück. Im Optimalfall, so grübelte sie, würden sich beide um das Gleiche bemühen: Nähe, Liebe und Vertrauen. Wobei das Wort Mühe schon Anstrengung prognostizierte. Und Vertrauen war in diesem Abenteuer ganz und gar nicht die tragende Säule der Bindung.

Als Lisa – direkt am Abend auf Wolke 7 – erfuhr, dass er seit vielen Jahren verheiratet war, ahnte sie noch nicht, dass sie den später erforderlichen Willen ihm zu widerstehen, nicht aufbringen würde. Sonst hätte sie sich auf dem Absatz umgedreht, und/oder zumindest dem zweiten Date nicht zugesagt. Diese sanfte Kraft, die sie zueinander trieb, ließ beide die Existenz seiner Frau an zwei Tagen der Woche ausklammern. Lisa hatte zwar Gewissensbisse, hegte ,ihr‘ gegenüber aber keinerlei feind-liche Gefühle. Vincent sagte, dass jeder Mensch die Be-rechtigung zu lieben hätte. Natürlich! Wer sollte Liebe denn auch verbieten? Aber wusste ,sie‘ (im Norden), dass er sich laufend parallel (im Süden) auslebte? Nahm sie es eventuell stillschweigend hin? Vincent bezeichnete seine Ehe als Team, als ein Bei- und Miteinander unter her-untergedimmten Gefühlen, sprach von der Macht der

Gewohnheit und betonte, dass Lisa seine erste und einzige Eskapade sei. Als Ventil wollte sie aber nicht benutzt werden, daher fragte sie sich unentwegt: Würde er wegen ihr seinen Kompass neu ausrichten?

Ihre Liebe veränderte sich im Laufe der Zeit ohne zu verblassen. Lisas Herz schlug zwar keine Kapriolen mehr, aber es pumpte weiterhin für ihn. Sie beschäftigte sich gründlich mit der Trivialität des Lebens. In Bezug auf Gefühle hatte sie bereits verstanden, dass es wichtig war, darüber zu sprechen und sich richtig auszudrücken. Vincent dagegen schwieg sich aus. Er war ja nicht auf der Suche nach jemandem, mit dem er sein Leben verbringen könnte. Denn er hatte bereits eine Begleitung gefunden und sich mit dem platonischen Zustand arrangiert. Er wirkte nicht bitter unglücklich, er haftete nur klebrig an seiner monotonen Pose als unerfüllt verheirateter Mann.

Die stark gefühlte Bedrohung des Lebensglücks, bzw. Lebenstraums, und das permanente Zerren führten zu depressiver Verstimmung. Lisas energischer Wille zur Entliebung wurde zu einer unerträglichen Belastung. Sie musste die aufdringlich tonangebende Ohnmacht ihrer emotionalen Abhängigkeit dulden. Denn sie liebten sich weiterhin im 2:5–Modus.

Ob Lisas Appetitlosigkeit und schlechter Schlaf mit ihrer Traurigkeit zusammenhing, oder ob die Stresssituation im ‚River Dreams‘ ihr Immunsystem zerfraß, haben wir nie erfahren. Man sagt, die Symptome des ‚Broken-Heart-Syndroms‘ gleichen denen eines Herzinfarkts, mit Brustschmerzen, Herzrhythmusstörungen, Beklem-

mungen. Dass Lisa nicht nur erschöpft, sondern ernst-
haft krank war, erkannte ich erst später.

Im Dezember 2009 flog ich – wie jedes Jahr – zu ihr, um
unsere Geburtstage gemeinsam zu feiern. Wir waren
typische Schützenkinder, immer aktiv. Es gab kein Älter-
werden ohne ‚unsere‘ Party mit Spießbraten, Apfelmost,
Salsa und Rumba. Lisa winkte mir schon von Weitem zu.
Sie holte mich immer am Flughafen ab und wir fielen uns
prinzipiell weinend in die Arme. Auf diesem Aerodromo
musste man keinen Treffpunkt verabreden, denn der
nationale Mini-Flughafen (wetterbedingt nur ein paar
Stunden am Tag geöffnet) bestand lediglich aus zwei
Landebahnen, einer kleinen überdachten Halle und
einem Parkgelände. Die Fahrt zwischen Flugplatz und
Lisas Haus führte über eine asphaltierte Landstraße an
Lagunen mit Schwarzhalsschwänen vorbei. Auf diesem
etwa halbstündigen Weg mussten wir uns aufgekratzt
gegenseitig auf den neuesten Stand bringen, denn im
Haus warteten bereits Freunde mit unterschiedlich
gefüllten ‚Empanadas‘ (Teigtaschen) und ‚Pisco Sour‘
(Cocktail aus Traubenbrand mit Limettensaft, Zucker-
sirup und Eiweiß).

Lisa hatte vor Kurzem die Fassade ihres Holzhauses in
kornblumenblau anstreichen lassen. Sie meinte die Farbe
hätte am besten zu den blühenden Hortensien gepasst.
Dieses absolut überzeugende Argument zwinkerte sie
mir grinsend zu, denn sie machte sich immer noch
darüber lustig, dass ich die Wände der Küche farblich
meinem Teekessel angepasst hatte. Das Schöne an den
Holzhäusern in der Flussregion war, dass sie dem vielen
Regen der Zone durch auffällig farbenfrohe Gestaltung
trotzten. Ob warmes rot oder maisgelb, hier vergnügte

sich die Architektur. Als ich die Vorderseite nun zum ersten Mal in Lisas Lieblingsfarbe blau sah, war ich fasziniert von den Schattierungen. Die Farbe Blau verfügt über eine spezifische Symbolik. In der Zeit der alten Ägypter verkörperten die blauen Wassertiefen das Weibliche, während der blaue Himmel mit dem Männlichen assoziiert wurde. In vielen Kulturen wird die Farbe mit der Ewigkeit in Verbindung gebracht.

Die Freunde hörten uns ankommen, weil alle Hunde aufgeregt bellten, als wir vorfuhren. Lucas (Marketing-Manager im ‚River Dreams‘ und ein Freund von Lisa seit erster Stunde) streckte mir einen Pisco entgegen und schleppte meinen Koffer direkt ins Zimmer. Merlot, die Einzige unter den Hunden, die ins Haus durfte, tappte um Lisas Beine herum. Das störte sie sichtlich und hieran bemerkte ich erstmals an Lisa ein verhaltenes Humpeln. Lautstarkes Lachen schallte bis nach Mitternacht durchs Haus, dann fielen wir beschwingt in unsere Federkissen. Mit jedem Schluck hatten wir die Welt im Alleingang sehr engagiert nicht nur verändert, sondern deutlich verbessert. Salud! Umwelt- und Sozialprobleme hatten wir durch unsere emotionale Intelligenz im Griff. Salud! Wir sagten ‚Nein‘ zu Rassismus, Klassismus und Sexismus. Salud!

Lisa musste früh raus, stellte mir einen Kaffee ans Bett und fragte leise, ob ich sie am Nachmittag zum Arzt begleiten könnte. Heute humpelte sie merklich. Ein Oberschenkel tat ihr weh, vermutlich ein entzündeter Muskel oder eingeklemmter Nerv.

Ich ging schon mittags die Flusspromenade runter, am Fischmarkt vorbei, grüßte die dicken Ohrenrobben mit ihren muskulösen Vorderflossen und betrachtete das Spiel der schreienden Möwen gegen die um Fischreste ringenden Pelikane. Die sprunghafte Aufführung der Segelflieger erinnerte mich an Tango.

Dann holte ich Lisa, wie verabredet, im Hotel ab. Wir gingen zu Fuß zu Dr. Alonso, nur 3 Häuserblocks Richtung Zentrum. Von Schritt zu Schritt wurden ihre Schmerzen stechender. Im Warteraum kein freier Stuhl. Als wollte Lisa es nicht wahrhaben, gab sie das Leiden nicht zu. Ich sah ihr aber die Qual an, schließlich kannte ich sie ein Leben lang. Eine Stunde später kam sie dran und ich durfte bei der Konsultation zugegen sein. Dr. Alonso führte eine Sonographie durch. Der diagnostische Ultraschall diente zur genauen Darstellung von Sehnen, Muskeln und Flüssigkeitsansammlungen im Gewebe. Während der Untersuchung konnte ich mit auf den Bildschirm schauen. Der Gesichtsausdruck des Arztes wechselte von einer ungläubigen zu einer stirnrunzelnden Mimik. Er trug ein weiteres Mal Gel auf den Oberschenkel und auf die Sonde auf, und schaute sich nochmals die Reflektion an. Dann sagte er, er müsse sich beraten, er könne den sichtlichen ‚Schatten‘ nicht allein beurteilen. Dieser dunkle Fleck an Lisas Oberschenkel, so erinnere ich, hatte die Größe einer Pomelo.

Wir verließen die Praxis also ohne Befund und gingen sehr langsam zurück ins Hotel, wo sich Lisa noch eine Weile im Büro verkroch, während ich mich mit Zeitschriften und frisch gepresstem Cherimoya-Saft auf die Terrasse setzte. Ich beobachtete eine ‚Bandurria‘ im Garten. Der nach unten gekrümmte Schnabel war dunkelgrau und die Augen umrahmt von einem schwarzen Gesichtsfeld, daher der Name Brillenibis. Die Flügel

waren grau, die kräftigen Beinchen dunkelrot. Der Löffler suchte nach Insekten und Würmer, und lies sich von den Gästen im Pool ganz und gar nicht irritieren. Dem Vogel schmeckte es anscheinend.
Ob die Würmer litten? Sie sind blind, taub, stumm, können nur kriechen…

Lucas unterbrach den geistigen Konflikt meiner tierwissenschaftlichen Unkenntnis mit der Nachricht, der Tisch sei reserviert. Welcher Tisch? Lisa hatte als Geburtstagsüberraschung bei ihrem Freund Sebastián im direkt am Flussufer gelegenen ‚Chimichurri‘ für uns eindecken lassen. Bestellt hatte sie ‚Chupe de Camarones‘ (Garnelensuppe) und ‚Pastel de Choclo‘ (Maisauflauf), dazu reichlich ‚Pisco Sour‘. Für mich ist die Heimat neben unendlich langen Pazifik-Küsten, Kolonialbauten und urbanen Hochhäusern, auch immer wieder ein spektakuläres kulinarisches Geschmackserlebnis.

Dass Lisa diesen Abend wahrscheinlich enorme Schmerzen ertrug, zeigte sie mit keiner Miene. Ihr Wunsch mir einen schönen Abend zu schenken war stärker als ihr Bedürfnis nach Rückzug. Ich glaube, sie stand Modell, als die Selbstlosigkeit erschaffen wurde.

Eine weitere Überraschung war Pablo, dem Lisa heimlich Bescheid gegeben hatte. Mein alter Freund, der 500 km nördlich lebte, erschien plötzlich am Tisch, überreichte mir ein Buch über einen nahegelegenen Nationalpark in den Anden, und begrüßte mich mit der Frage:

„Schon gepackt?“

Lisa hatte für mich eine 3-tägige Tour mit ihm quer über die Anden durch die Wälder arrangiert. Immer schon wollte ich mal das immergrüne Meer der geschützten 1000-jährigen Araucarias (Affenschwanzbäume) zwischen Chile und Argentinien passieren. Ich war total aufgekratzt!

Wir fuhren früh los. Die erste Etappe endete mit einem Aufenthalt an einem See vor der Grenze. Von dort aus rief ich Lisa an. Es war schon spät, aber ich erreichte sie noch im Hotel. Ich erzählte ihr ungebremst und aufgeregt über die spektakuläre Lage des Hotels, die Aussicht zum rauchenden Vulkan, dass wir tagsüber in heißen Quellen im Dschungel waren und nun im Zimmer mit dem spiegelnden Mond im See ein Glas Merlot trinken würden. Erst dann ließ ich sie zu Wort kommen und erst dann nahm ich ihre Bedrückung auf, als sie kaum hörbar sagte:

„Ich wünschte, du wärst hier."

Sie war – so sagte sie – tagsüber nochmal zu Dr. Alonso zitiert worden, der ihr nahegelegt hatte, einer Knochenszintigraphie zuzustimmen. Das Ausmaß der Erkrankung war unklar, er empfahl eine Untersuchung des Knochenstoffwechsels mit Hilfe einer radioaktiv markierten Substanz.

Mir rollten die Tränen. Ich wollte und sollte zu ihr. Pablo meinte, wir könnten früh raus und die Strecke – wie geplant – über Argentinien (ohne zweite Übernachtung) zurück- und durchfahren. Also rief ich Lisa nochmal an, versprach am nächsten Abend zurück zu sein, und kündigte ihr einen Korb voller Affenzapfen (so nannte sie die) an. Pablo orderte aufgrund Ausfalls unseres Frühstücks noch schnell ‚2x Lunch Box‘ bei der Rezeption, damit wir unterwegs Proviant hatten. Denn oben in den Anden gab es weder Tankstelle noch Kiosk oder Raststätte. Vor uns lagen ca. 550 km durch Natur pur. Nationalpark und die Passhöhe lagen ca. 1300m über NN. Allerdings eine asphaltierte Route, die an einem Tag zu schaffen sein musste. Womit wir nicht gerechnet hatten, war, dass die Gendarmerie den Grenz-übertritt nur bis 18 Uhr genehmigte. Dies las Pablo zufällig in meinem Buch als ich das Ruder des Jeeps übernommen hatte, und zwar kurz bevor wir an dem Gletschersee, wo unsere zweite von Lisa gebuchte Unterkunft lag, vorbeifuhren. Anscheinend hatte am Tag zuvor ein Vulkan gespuckt. Der malerische Ort und der See waren mit Asche bedeckt. Die Straßen waren rutschig. Trotz Allrad fuhr ich unentspannt zu unserer Cabaña (Holzhäuschen). Die Menschen auf den Straßen trugen Gesichtsmasken. Der Vulkan hatte zwar aufgehört zu speien, der Ascheregen nachgelassen, dennoch gab es teilweise noch Stromausfall. Auch die Wasserversorgung fiel wegen eines Pumpenschadens vorübergehend aus. Hauptsächlich machte ich mir Sorgen wegen Lisa. Sie rechnete mit uns, und wir saßen fest. Als ich sie endlich erreichen konnte, hatte sie von dem Ausbruch bereits gehört. Ihre Stimme klang so traurig:

„Ich wünsche mir nur, dass du morgen da bist.“

Morgen, das war der Tag ihres 53sten Geburtstages. Besonders wichtig war mein Dasein in diesem Jahr aufgrund momentaner Funkstille zu Vincent. Diese Betrübnis kam on top zu der Ungewissheit ihrer Beinschmerzen. Ich erzählte ihr noch, dass wir auf dem Aussichtspunkt des Gipfels waren, von dem sie schwärmte, weil man dort einerseits einen weiten Ausblick bis zum Pazifik im Westen hat, und andererseits auf die gewaltige Kulisse der Sechstausender im Osten blickt. Ich war unruhig, und wir beschlossen am nächsten Morgen um 6:00 Uhr das erste Fahrzeug an der Grenzstelle zu sein. Auf der Route über den Pass, an diversen Basaltkegeln vorbei, lag noch lange Asche, die aussah wie schmutziger Schnee. Auf den Gletscherseen schwammen Bimssteine. Nach der Grenze ließen wir schwer betrübt die von der Lava verätzten Bäume hinter uns.

Wir schafften es gegen Mittag wieder bei Lisa zu sein, die im Bett lag und mehrere Anrufe tätigte: Sie sagte das geplante Barbecue für den Abend ab. Dr. Alonso hatte ihr geraten das Bein, das inzwischen angeschwollen war, nicht weiterhin zu belasten. Zumindest sollte sie das Ergebnis der gestrigen Szintigraphie abwarten. Ich setzte mich voller Gewissensbisse, weil ich sie zu dieser Untersuchung nicht begleitet hatte, neben ihr aufs Bett. Aber eins tat Lisa nie: Kritik oder Vorwürfe mir gegenüber gab es nicht. Die Schwester anfechten? Never ever.

Lisa wäre zu gerne aufgestanden. Nur kurz. Ein Mal. Dr. Alonso hatte es aber untersagt. Er vermutete Metastasen, die das Achsenskelett (also die Wirbelsäule) befallen hatten, und somit die bisher gesunde Knochenstruktur unaufhaltsam zerstörten. Die befallenen Knochen verloren zunehmend ihre Festigkeit und konnten schließlich so instabil werden, dass sie auch bei kleinen Belastungen brechen konnten. Romy und Annika hatten ein elektrisch betriebenes Krankenhausbett besorgt. Es musste komplett auseinander gebaut werden um es durch den Türrahmen ins Schlafzimmer zu bugsieren. Lisa spielte

unentwegt mit dem Knopf zur Verstellung der Liege-
fläche, anscheinend war keine Position lange auszuhalten. Das Bett hatte eine spezielle orthopädische Matratze, die aus mehreren Kammern bestand, welche
mittels eines Aggregats regelmäßig und abwechselnd mit
Luft gefüllt wurden. Damit ließ sich zumindest das
Auflagegewicht an den heiklen Stellen reduzieren.

Pablo machte uns türkischen Mokka mit der Kupfer-
kanne auf dem Holzofen in der Küche. Dazu gab es
hausgemachte ‚Alfajores' (Doppelkekse mit Karamell
gefüllt und seitlich in Kokosraspeln gewälzt). Wir blieben
am Nachmittag allerdings nicht zu dritt auf Lisas Bett.
Bei jedem Klingeln bellten alle 7 Hunde. Merlot, Frau
Cocker Spaniel, eilte nimmermüde neugierig an die Tür.
Wahrscheinlich fühlte sie sich als die eigentliche Herrin
des Hauses. Es kamen Geburtstagsgrüße jeder Art:
Karten an bunten Blumen, Geschenke, Törtchen mit
Kerzen und sogar eine Eiskomposition. Und niemand
ließ sich den Zutritt ins Schlafzimmer verbieten um eine
lebhafte Umarmung abzuschütteln.

Lucas brachte am Abend Steaks, Chili-Würstchen, Maiskolben und Zucchini. Er lud uns zu seinem selbst
benannten ‚Asado á la Cama' (Bett-Braten) ein. Während
Pablo laut singend in der Küche Cocktails komponierte,
drehte Lucas Fleisch und Gemüse auf dem Rost. Das
halbe alte Ölfass (Marke Eigenbau) war Hauptakteur
unzähliger Grill-Events auf der Veranda. Keiner von uns
ahnte, dass sich – bei so viel Heiterkeit im Schlafzimmer
– Lisas letzter Geburtstag abspielte.

Mitte Dezember flog ich zurück. Kaum war ich zu
Hause, riefen Maya und Samu an: Lisa sollte für 3 Tage

ins Hospital eingewiesen werden. Es musste ein weiteres Blutbild angefertigt und eine Biopsie durchgeführt werden. Die Untersuchung der Gewebeprobe übernahm ein Pathologe unter dem Mikroskop einer renommierten Klinik in der Hauptstadt. Nur mit einer Biopsie konnte eine genaue Aufklärung erfolgen.

Am ersten Weihnachtstag 2009 erfuhren wir Lisas Diagnose: Krebs.

Überwältigt wurden wir von einem Selbstläufer der Hilfsbereitschaft. Romy & Annika organisierten durchgehende Begleitung. Ob Familie oder Freunde, Lisa blieb fortan keine einzige Minute allein. Es gab genug Gästezimmer entlang des Korridors. Lisas Schlafzimmer lag am Ende, mit Zugang zum eigenen Bad. Es war definitiv der hellste Raum aufgrund eines großen Bow Windows. Das Erkerfenster zum Garten schaffte optimale Lichtverhältnisse. Lisa hatte den Fenstersitz mit Schafsfellen und dicken Kissen zur behaglichen Leseecke umgewandelt, jetzt würde das Highlight des Raumes als Besuchersitzplatz dienen. Außerdem stand da noch ein 3er-Bambus-Sofa, dass seit der Zeit in Tenerife an verschiedenen Umzügen teilhaben durfte. Diese Couch war Kronzeuge der Paco-Epoche.

Da wir Lisa in guten Händen wussten, überlegte ich meinen nächsten Flug in den April / Mai zu legen. Als ich aber mit Annika zu Neujahr telefonierte, sagte sie, ich solle nicht zögern:

„Komm *jetzt*!"

Jetzt. Das bedeutete alles stehen und liegenlassen, wieder Urlaub beantragen und wieder Ticket kaufen, dorthin, woher ich gerade kam. Meine Beine und ich mochten die langen Flüge gar nicht. Aber wenn es um Lisa ging, hatten Beine keine Chance auf Mitsprachrecht.

Ich trug, seit unsrem letzten Treffen, ihren silbernen Spielring und wusste nicht, dass unser Ritual damit endete. Jedes Mal, wenn wir uns trafen, tauschten wir ein Schmuckstück aus, das bis zum nächsten Wiedersehen zu halten war, damit wir uns näher fühlten. Dieser Drehring war ein Charakteristikum für unsere Verbundenheit: der separate schmalere Ring saß auf dem breiteren Grundring, der an den Seiten nach oben gewölbt war, so dass der Spielring sich drehen ließ. Ein Symbol für uns zwei individuelle Schwestern, die zusammengehörten.

Lisa war erleichtert und beruhigt, als ich Mitte Januar wieder bei ihr war. Nena kam auch dazu, verbreitete bewusst oder unbewusst mit ihrer hochwillkommenen optimistischen Grundeinstellung ein positives Lebensgefühl, streute Hoffnung, und sorgte für Harmonie. Sie erklärte uns, dass eine gute Ladung Optimismus der beste Schutz gegen Krankheiten sei, und Lisa sollte ihre ganze Energie auf das Gesundwerden richten. Ist ein Mensch, der an Krebs erkrankt ist, zu optimistisch, wenn er an seine Heilung glaubt?

Die Gebrüder Wright glaubten sich mit einem ‚Flugzeug‘ wie ein Vogel in die Lüfte erheben zu können. Graham Bell glaubte, Menschen könnten sich am ‚Telefon‘ über hunderte von Kilometern miteinander unterhalten. In der Geschichte finden wir immer wieder Menschen, die eine Vision oder einen Traum hatten, und so beharrlich

daran glaubten, dass sie die Fähigkeit besaßen das
‚Unmögliche‘ möglich zu machen.

Als mich Dr. Alonso an einem Morgen in seine Praxis
zitierte, fuhr ich in Begleitung von Annika zu ihm. Er las
folgende Liste vor:

- Knochenmetastasen mit unbekanntem
  Primärtumor im linken Oberschenkel und
  Rückgrat Lendenwirbel L3
- Metastasen in den Lungen
- Metastasen im Mittelfell (Mediastinum)
- Metastasen in der Leber
- Möglicher Primärtumor in beiden Nieren

Aktuell – und für mich nicht (be-) greifbar – befand sich
meine Schwester 4 Wochen nach Befund ‚Krebs‘ bereits
in Palliativbehandlung mit Radiotherapie. Annika fragte
Dr. Alonso, ob er an Wunder glauben würde. Er nickte
bejahend. Es lohnte sich also, positiv zu denken. Ohne
Hoffnung gab es kein Morgen, keine Zukunft.

Während Lisa aber von Tag zu Tag bedrückter und
niedergeschlagener wirkte, mutierten Nena und ich zu
strengen Durchgangswächtern. Die Besuche nahmen
kein Ende. Bis Mitternacht klingelten Freunde an der
Tür. Das Eindringen nahm Überhand. Schließlich brachten wir ein Schild an das Gartentor: ‚Bitte nicht klingeln!‘
Lisa sollte in Ruhe krank sein dürfen. Nicht ständig geweckt werden durch aufgeregte Gespräche und High
Heels auf dem Parkett.

Eines Morgens kam ich zu Lisa rein und sie sagte:
„Ich möchte einfach nur glücklich aufwachen.“

Ich sprach darüber mit Lucas. Dieser großartige Freund tat alles für Lisa. So ließ er überraschend ein Pferd in den Garten bringen. Es war das letzte Mal, dass Lisa kicherte. Das Pferd schaute immer wieder durch das Bow Window ins Schlafzimmer und sorgte für ‚tierische‘ Geselligkeit.

Einen geliebten Menschen unglücklich zu sehen, zerfrisst einem das Herz. Krebs betrifft nicht nur den Erkrankten. Unser aller Leben veränderte sich. Das Reden darüber war nicht einfach. Sollte ich mit Lisa offen über alles sprechen? Oder war es besser, sie mit meiner eigenen Sorge zu verschonen? Wie konnte ich selbst stark bleiben? Nena war diejenige, die es wagte das Thema Bestattung anzusprechen. Die Erkrankung war ja nicht auszublenden. So erfuhren wir, dass Lisa gerne zu Onkel Jules ins Grab wollte – wenn es so weit wäre. Ich hoffte aber weiterhin auf Besserung und verübelte der Ärztin, die Dr. Alonso mal in Vertretung geschickt hatte, ihre Äußerung. Wie kam sie dazu Lisa ins Gesicht zu sagen, sie würde nie wieder gehen können? Wir glaubten doch an Genesung! Und vertrauten. Und beteten. Wir sprachen zum Himmel und zählten alles auf, was wir noch zusammen erleben wollten. Unsere nächste Reise stand nach Neuseeland an. Manchmal saß ich einfach nur eine ganze Weile da, und schaute Lisa an, ohne zu bemerken, dass Stunden vergangen waren. Es gab viel zu wenig Zeit für solche berührenden Momente der Zweisamkeit.

Nur noch wenige Besucher ließen wir durch. Darunter Vincent. Und den Guru mit dem langen grauweißen Bart, Ram Sarn Singh (spiritueller Name), der Lehrer des Kundalini Yoga am Hospital war. Seine alte indische

traditionelle Medizin bezog sich auf die spirituelle Verbindung des Individuums mit seiner universellen Umgebung und sollte Lisa entspannen. Dr. Alonso hatte ihn
zu uns geschickt.

Ich glaubte nicht so sehr an ‚Hand auflegen' bis ich
heimlich und leise hinter dem Türrahmen zum Schlafzimmer beobachten konnte, was er tat und was geschah.
Ram nahm sich einen Stuhl, stellte ihn neben das Bett,
setzte sich im Schneidersitz darauf und hielt beide Hände
stabil schwebend über Lisa. Vom schulmedizinischen
Standpunkt aus betrachtet, war an dieser Methode nichts
dran, aber es sprach ja auch rein gar nichts dagegen. Lisa
atmete danach völlig ruhig und verspürte für Stunden
keinerlei Schmerzen, sie war jedes Mal nach der Behandlung wie ausgewechselt.

Ich las nach: Es hieß, die Patienten hätten ein Energie-
feld, was unter anderem mit der Quantenphysik begrün-
det wird. Die Berührungen lösen demnach (auch) die
Bildung des Hormons Oxytocin aus, welches auch wirk-
sam im Bereich des Schmerzes ist. Es reduziert und verändert die Aufmerksamkeit auf die Schmerzregion im
Sinne von Entspannung. Und Entspannung – so die
Schmerzforschung – kann wesentlich dazu beitragen,
dass sich das Schmerzerleben verändert.

Ram blieb immer so lange, bis Lisa einschlief. Dann kam
er in die Küche und trank einen großen Becher Tee.
Meine anfängliche Skepsis diesem Menschen mit übermäßig charismatischer Ausstrahlung gegenüber kippte.
Er wollte nicht entlohnt werden und seine Persönlichkeit
faszinierte mich. Wenn er sich verabschiedete, schaute

ich ihm nach: das war kein Gehen, das war wie ein Schreiten.

Vincent war eine andere Art von Medizin. Während Ram in Lisas Seele reinzuschauen schien, war Vincent für das erquickende Herzrasen zuständig. Ich freute mich über die kleinen Momente der Lebendigkeit zwischen den Morphinspritzen. Die stark wirksamen Opioide sollten zunächst alle 8 Stunden gleichmäßig dosiert verabreicht werden. Dann 6 Stunden. Dann 4 Stunden. Schließlich dann, wenn Lisa danach fragte.

Ihr Leben hing an einem Rauschgiftseil zwischen Benommenheit und Atemproblemen. Das Morphin wirkte dämpfend auf das Atemzentrum. Es reduzierte den Atemantrieb, senkte damit Lisas Stresspegel. Aber der Krebs zeigte uns weiterhin unkultiviert den Mittelfinger. Und Vincent meinte, Zeit sei gerade sein größtes Rätsel. Er habe sie (die Zeit) und Gelegenheiten verschwendet. Jetzt würde ihm bewusst, wie relativ und kostbar Zeit wäre.

Während wir ihm Augenblicke mit Lisa allein gönnten, saßen Nena und ich in der Küche und lasen aus einem Gedichtebuch, dass auf dem zum Barschrank umfunktionierten Weinfass zwischen Whiskeyflaschen stand.

Die Widmung lautete:

Por y para el amor de mi vida.
Por y para siempre.
Florián

Für und wegen der Liebe meines Lebens.
Für immer.
Florián

Wer war dieser Florián? Florián. Mit Akzent. Noch ein Rätsel. Ich wollte Lisa unbedingt fragen, aber nicht im Beisein von Vincent. Wieso wusste ich nichts von diesem Menschen? Hatte ich das oder ihn vergessen?

Nena fragte sich, ob das Leben wohl nur ein großes Wartezimmer sei. Sie klappte folgendes Gedicht von Mutter Teresa über das Leben auf:

Das Leben ist eine Chance, nutze sie.

Das Leben ist Schönheit, bewundere sie.

Das Leben ist Seligkeit, genieße sie.

Das Leben ist ein Traum, mache daraus Wirklichkeit.

Das Leben ist Herausforderung, stelle dich ihr.

Das Leben ist Pflicht, erfülle sie.

Das Leben ist ein Spiel, spiele es.

Das Leben ist kostbar, gehe sorgfältig damit um.

Das Leben ist Reichtum, bewahre ihn.

Das Leben ist Liebe, erfreue dich an ihr.

Das Leben ist ein Versprechen, erfülle es.

Das Leben ist ein Rätsel, durchdringe es.

Das Leben ist Traurigkeit, überwinde sie.

Das Leben ist eine Hymne, singe sie.

Das Leben ist dein Kampf, akzeptiere ihn.

Das Leben ist eine Tragödie, ringe mit ihr.

Das Leben ist ein Abenteuer, wage es.

Das Leben ist Glück, verdiene es.

Das Leben ist das Leben, verteidige es.

~ Mutter Teresa ~

Indische Ordensschwester und Missionarin
(Anjezë Gonxhe Bojaxhiu * 1910 - † 1997)

Wir fragten uns, wo Lisas Chance blieb. Und wieso wir den Kampf akzeptieren sollten. Und wie – verdammt nochmal – wir ihr Leben verteidigen konnten.

Lucas unterbrach unsere Lesestunde. Er brachte bunte Blumen für Lisa mit und hatte einen Korb voller Zeugs aus dem Fischmarkt dabei, um für uns ,Ceviche' zu machen. Ihm bei der Zubereitung zuzuschauen war eine willkommene Ablenkung. Das weiße Fischfilet wurde gewaschen, tupfend abgetrocknet, und in hauchdünne Scheiben geschnitten. Er presste Saft von Limetten und Orangen aus und goss es über den Fisch. Dann schälte er Zwiebeln und Chilischoten und schnitt feine Ringe. Schließlich zupfte er Korianderblättchen von den Stängeln und zerkleinerte sie grob. Alles wurde gründlich durchgerührt und dem Fisch mit etwas Salz untergemischt. Kann man ein Land über den Gaumen erleben? In Chile schien es Pflicht zu sein.

Als wir in der Essecke saßen, fragte mich Lucas, wann ich denn eigentlich das letzte Mal draußen gewesen sei. Durch meine weit aufgerissenen Augen verstand er meine nonverbale Antwort. Ich war seit Tagen weder im Park noch auf der Straße! Da nahm er meine Hand, zog mich vom Tisch und ging mit mir in den Garten. Lucas sprach von Gott und dem Glauben. Ich hatte keinerlei Gefallen an solchen Gesprächen, und erzählte ihm, ich sei mit Gott schon lange verstritten. Er setzte dennoch fort:

„Es geht darum, ob Gott für dich, für dein Leben eine Bedeutung hat, ob eine Beziehung zu ihm da ist oder nicht."

Ich unterbrach seine geistliche Rede. Meine Beziehung zu Gott bestand aus Konflikten, Unverständnis, ja sogar Zweifel und Ablehnung. Ich begriff weder die Pläne noch das Handeln dieses Wesens. Ich hatte mit Lisa lediglich gebetet um ihre Zuversicht zu stärken. Das ließ Lucas so nicht stehen und zeigte auf die vielen gelben Blümchen, die sich auf der Wiese nach der Sonne streckten. Seine simple Erklärung begleitet mich seitdem bis heute:

„Siehst du die Butterblümchen? Das sind wir. Und siehst du ihre Bewegung im Wind? Das ist Gott.“

Wir verstummten danach beide. Ich spürte die Kraft seiner Hand und fühlte mich geborgen. Unsere Weile auf der Wiese war dem Kummer der letzten Wochen nicht unterworfen. Dabei hätte ich zu gerne ein vierblättriges Kleeblatt für Lisa gefunden. Draußen war es natürlich viel lebendiger als drinnen. Schließlich tobten auf dem Grundstück Lisas 7 Hunde, die alle nach Rebsorten benannt waren. Ein Leben ohne Tiere war für Lisa unvorstellbar. Sie hatte einen ganz besonderen Draht zu Vierbeinern. Verständlich, da ihre Hunde sie im Gegensatz zu manchen Menschen garantiert niemals enttäuscht haben. Es waren treue Freunde!

Als wir wieder zu Nena ins Esszimmer kamen, zitierte Lucas Mascha Kaléko:

Jage die Ängste fort.
Und die Angst vor den Ängsten.

Die Behandlung mit Morphin war mit zahlreichen Nebenwirkungen verbunden. Schläfrigkeit war die beste davon, denn dann schlief Lisa die Schmerzen förmlich weg. Ich hoffte ihre Qual würde sich versenken. Tief. Und nie wieder auftauchen. Stattdessen zog dieses teuflische Rauschgift, dass eigentlich die Atemnot reduzieren sollte, eine Atemdepression nach. Es folgte ein Schlaganfall. Eine Körperseite war gelähmt. Der Schlaganfall war in der rechten Hirnhälfte aufgetreten. Bisher hatte Lisa ihre Schmerzen kommunizieren können. Ihr Blick schrie uns an. Schreiben ging nicht, den Stift konnte sie nicht halten. Ich nahm ihre Hand und bat sie meine zu drücken, falls sie Schmerzen hatte. Sie drückte unentwegt. Wir hatten einen Notfall!

Dr. Alonso kam und untersuchte Lisas Bewusstsein, Blutdruck und Herzfrequenz. Eine kraniale Computertomographie, eine Elektrokardiographie oder eine sonstige spezifische neurologische Untersuchung waren aufgrund Transportunfähigkeit nicht machbar. Nena sprach aufgeregt:

„Ilonka, jetzt zählt jede Minute!"

Denn es galt das Prinzip ‚time is brain': Gehirnzellen, die nicht ausreichend mit Blut versorgt werden, sterben rasch ab.

Wir umarmten uns, zitterten, setzten uns starr handlungsunfähig auf das Fensterbrett und schauten dem unruhigen Mediziner zu, der kreidebleich seufzte, und sich Schweißperlen von der Stirn wischte.

Vincent fühlte sich nun im Weg. Eine Rehabilitation war höchst unwahrscheinlich. Er küsste Lisa auf die Stirn und bedankte sich bei Romy und Annika, die inzwischen eingetroffen waren, dafür, dass wir ihm die Nähe zu Lisa in diesen Tagen nicht verweigert hatten. Dann verabschiedete er sich von uns, Merlot und dem blauen Haus, das Teil seiner Neben-Lebensgeschichte geworden war. Ob Lisa diesen diffusen Abschied wahrgenommen hat, wissen wir nicht. Aber kurze Zeit danach, am 8. Februar 2010 um 0:33 Uhr hörte sie auf zu atmen. Dies war mein schwierigster Abschied.

Lisa, 53. Gestorben. 6 Wochen nach Diagnose ‚Krebs‘.

Die Brücke, die uns trägt.

Was fremd und feindlich mich empfing,
ich lerne damit umzugehen,
und fange an, es zu verstehen:
auch Gräber sind ein starkes Band.

Mir ist erlaubt mit dir zu sprechen,
doch bleibt dein Mund stets unbewegt,
als könne Lautes sie zerbrechen,
die Brücke, die uns beide trägt.

Ich suche täglich Wege,
die nicht ins Leere gehen,
und finde schmale Stege,
auf denen kann ich stehen.

Du wirst mich stets begleiten,
denn deine Seele lebt,
und wird mein Wirken leiten,
zutiefst mit dir verwebt.

~ Unbekannt ~

ILONA & PEPE

Als ich, Ilona, 1983 als Reiseleiterin mein erstes Zielgebiet ‚TFS‘ (IATA-Code für den Flughafen Tenerife Süd) zugewiesen bekam, konnte ich das Glück nicht fassen. Ich glaube, eine unserer menschlichen Eigenschaften besteht darin, dass wir von Natur aus darauf programmiert sind, glücklich zu sein. Und unsere Grundstimmung bestimmt alles, was wir erleben – vor allem wie. Aber die Motivation allein genügt nicht. Wir müssen etwas tun!

Die Reiseagentur setzte direkt bei der Bewerbung eine Voraussetzung fest: Einsatz der Gästebetreuung bei halbjährlich wechselndem Zielgebiet. Als ‚Botschafter‘ des Unternehmens waren wir zuständig für Empfang & Betreuung der Gäste am Flughafen, Organisation des Transfers zum jeweiligen Hotel, Sprechstunden vor Ort (Bearbeitung der Reklamationen), Vermittlung von Ausflügen und Mietwagen. Ich war mit Leidenschaft Touristikerin und habe es geliebt, Menschen in ihrer schönsten Zeit des Jahres – ihrer Urlaubszeit – zu begleiten. Wir Reiseleiter waren eine Mischung aus Vertrauensperson, Animateur und Seelenklempner. Um Kenntnisse des zukünftigen Reviers zu erwerben, durften wir immer zwei Wochen vor Saisonbeginn im Zielgebiet sein. Zeit genug um Kenntnisse über das Land oder die Sehenswürdigkeiten vor Ort zu erlangen. Dieses Wissen mussten wir uns selbst – sportlich zeitnah – aneignen.

Und wieder stellte ich mir die Frage: Ist das Universum und jeder Weg darin zufällig? Oder ist unser Leben unausweichlich und vorherbestimmt? Wer hatte Lisas und mein Leben so geordnet? Bei reflektierter Wahrnehmung erkennt man schon mal verblüffende Zusammenhänge. Es passiert: Wir beschäftigen uns innerlich mit einer Frage, und erhalten beim Lesen eines Zeitschriftenartikels die Antwort. Was, wenn ein zeitliches Zusammenfallen von Ereignissen nicht Koinzidenz, sondern ein dynamisch gesteuertes Schicksalskonstrukt ist? Oder beeinflussen wir etwa selbst unsere Wege durch unser Unterbewusstes? Wer hat unseren Seelenplan aufgestellt? Könnte derjenige bitte auf meine Schulter klopfen und sich outen? Das Aufeinandertreffen der kausalen Ereignisse kann unsere Logik nicht interpretieren.

Der Einsatz auf der Insel, auf der ich 11 Jahre zuvor bleiben wollte, konnte kein Zufall sein. Es war vorherbestimmt! Zweifelslos und definitiv. Spanisch, meine Muttersprache, hatte die Entscheidung des Reiseveranstalters und damit die Bestimmung sicher beeinflusst. Daher kam ich nicht nach Tunesien oder Marokko oder Kenia. Daher Tenerife. Aber warum hatte man mich nicht auf einer der anderen 6 Kanaren-Inseln, auf den Balearen, oder an einer der vielen spanischen Festlandküsten eingesetzt?

Abgesehen davon, dass wir als Reiseleiter sämtliche Reiseziele mit Stand-by-Tickets kostenfrei ansteuern durften, erhielten wir die Möglichkeit bis zu dreimal pro Jahr unsere Eltern oder Freunde einzufliegen.

Als erster Besuch auf der Insel kündigte sich meine Jugendliebe an. Tom hatte mir Jahre zuvor das Herz gebrochen. Mit 20 machten wir keinerlei Zukunftspläne, und so richtig geredet haben wir eigentlich auch nie. Das geht aus meinem nachträglichen Resümee hervor, weil die Resonanz zwischen Wahrnehmung und Realität auf eines meiner signifikanten Organe polterte. Irrationale Zustände im Herzen wie Trauer, Ärger oder Angst verscheuchten meinen mädchenhaften Idealismus. Denn ich war Übergangsmädchen. Tom ging zu Anne über!

Ich wollte ihn als Freund behalten und Selbstmitleid stand mir gar nicht. Also musste ich schlucken, vergeben, vergessen. Mein erster ernsthafter Liebeskummer durch den Verlust oder die Trennung von Tom, zu dem nach wie vor eine schwärmerische Bindung bestand, ließ mich eine Prise erwachsener werden. Die beste ‚Schmerz-Raus‘ - Therapie war offenbar ausnüchternde Ablenkung. Freundschaft nach Trennung braucht Zeit. Und Distanz. Eine federleichte Herzkur ergab sich schließlich ganz von selbst durch eine Distanz von über 12.000 km, als ich – einige Monate nach Toms Abwendung – Lisa nach Chile folgte. Und jetzt, zwei Jahre danach, war er bei mir. Mit mir. Auf der Insel. Als Gast. Wir verbrachten spannungsgeladene Tage. Ob bei einer spritzigen Jeep-Safari zum Vulkankrater oder beim Picknick am schwarzen Strand, unsere unbefangene Wohlfühl-Reifezeit war bedeutend. Denn wir nahmen unsere Freundschaft wahr und wälzten uns in einer gewissen Stummheit bezüglich gegenseitiger Empfindungen. Beschreibungen, wie sich das anfühlte, verkniffen wir uns. Wir durchbrachen jegliche Störung der Vergangenheit. Tom wurde mein ‚Bromance‘, ein bisschen Bruder und ein bisschen Seelenverwandter. Ich wusste ja bereits: Herzblätter kommen und gehen, Freunde dagegen bleiben (manche ein Leben lang). Wir erwarten weniger von ihnen, gehen weniger hart mit ihnen ins Gericht.

Und während wir in unserer Beziehung eine Rolle erfüllen mussten, konnten wir als Freunde einfach so sein, wie wir waren. Tom sicherte sich absichtslos einen dauerhaften Platz in meinem Herzen. Er gehört zu den Konstanten meiner Biografie.

Nun stand mein Leben auf Karo Fünf: auf Glück, Erfolg und auf gute Veränderungen. Es war wieder der richtige Zeitpunkt gekommen, neue Projekte zu starten. Karo Fünf steht aber auch für Schwangerschaft!

Carlo Scotch, unser CRL (Chefreiseleiter), übergab mir das Büro am Hafen von Puerto de la Cruz. Das bedeutete für mich keine hüpfenden Sprechstunden in verschiedenen Hotels, sondern feste Öffnungszeiten für die Low-Budget-Urlauber. Sämtliche Touristen, die auf gut Glück ‚Joker' (kein festgelegtes Hotel) gebucht hatten, kamen in Häuser in der Altstadt, bzw. im Hafenviertel unter. Wenn ein Pax (ein Passenger) günstig übernachten wollte und flexibel war, und – mit dem Ziel ein vakantes Zimmer in einem 4-Sterne-Hotel zu ergattern – den Joker ankreuzte, hatte er hoch gepokert. Der Reiseagentur standen nämlich reichlich Null-Sterne-Häuser mit Mehrbettzimmer und fließend Kaltwasser zur Verfügung. Aber auch diese sollten betreut werden. So schlug ich mich eine Saison lang mit einem Sammelsurium von kuriosen Reisenden durch.

Vom Büro am Hafen aus umsorgte ich die umliegenden Unterkünfte für ‚Gering-Investoren' mit günstigen Ausflügen rund um die Insel. Denjenigen, die Nationalparks, Dörfer oder Strände auf eigene Faust ergründen wollten, vermietete ich meist Fahrzeuge der kleinsten/billigsten Kategorie A. Da man diese am Hafen schlecht abstellen konnte, wurde der Mietvertrag immer in meinem Büro abgewickelt und der Gast anschließend zum Parkplatz der Autovermietung mitgenommen. So lernte ich Hector kennen, der eine bunte Flotte der niedlichen Seat Pandas besaß, und die dreitürigen Kleinwagen nach der ersten telefonischen Bestellung direkt selbst auslieferte, da er unbedingt die ‚Chilena' (also mich) enthüllen wollte. Bei dieser ersten persönlichen Übergabe von 40 PS an einen Gast legte er mir eine Cherimoya auf den Schreibtisch, ohne zu wissen, dass das meine Lieblingsfrucht war. Bei der zweiten Übergabe kam er mit Tulpen, bei der dritten folgte eine Einladung zum Tapas-Essen in einer abgelegenen Finca, die seinem Onkel Mateo gehörte.

Hector holte mich abends ab und wir fuhren bei 27 Grad mit dem Motorrad enge, nicht für größere Fahrzeuge zugelassene, Serpentinen zu einer Klippe hoch, wo eine bescheidene Steinhütte zu einer Wanderrast mit weitem Blick einlud. Onkel Mateo mit vollem weißen Haar und einem hinkenden Bein bot motiviert seine würzigen Tapas an, die kaum köstlicher sein konnten. Es gab ‚papas arrugadas' (kleine, runzlige mit Meersalz besprenkelte Kartoffeln) und ‚queso asado' (lokaler Ziegenkäse, frittiert), beides mit ‚Mojo' (pikanter roten oder grünen Sauce) serviert. Außerdem hatte er ‚chopitos' (frittierte Babytintenfische) und ‚pimientos de padrón' (grüne Chillis in Olivenöl gebraten). Zum roten Wein gab es vorab ‚queso ahumado' (geräucherter Käse) überzogen mit Paprika.

Laut Hector konnte man von hier oben bei klarem Wetter deutlich Afrika sehen. Marokko und die Westsahara waren nur ca. 250 km entfernt. An diesem Abend aber war es etwas diesig und überall lag Staub herum. Schuld war der ‚Calima‘, der warme bis heiße Wüstenwind aus dem Osten. Er hatte sich wieder nach Tenerife verirrt. Wenn sich über der Sahara ein Hochdruckgebiet bildete, das für den Anstieg der Temperaturen verantwortlich war, und die Luftfeuchtigkeit sank, gelangten diese Winde auf die Insel. Die Sichtweite verringerte sich. Daher wurde dieses Wetter von Onkel Mateo auch ‚niebla seca‘ (trockener Nebel) genannt. Er erklärte, dass es keine bestimmte Jahreszeit für den Calima gab. Erste Anzeichen waren immer der Temperaturanstieg und Staub in der Luft.

Hector erzählte von der Entstehung der Tapas. Es gäbe verschiedene Legenden. Eine Überlieferung besagt, dass Alfonso XIII, der bis 1931 König von Spanien war, während einer Reise eine Pause in einem Gasthaus in der Nähe von Cádiz einlegte und dort ein Glas Wein bestellte, auf welches ihm der Herr des Hauses noch eine Scheibe Schinken legte. Der Wirt erklärte Alfonso XIII, dass der Schinken als ‚tapa‘ (Deckel) diente, damit der Sand, der in dem Moment wegen des starken Windes ins Gasthaus wehte, nicht in den Wein gelangen konnte. Das war der Anfang der ‚Tapa‘. Von da an wurden kleine Essensportionen zu tausenden und abertausenden Gläsern Wein serviert, und die Menschen verabredeten sich von nun an mit «Vamos a tapear!» (Lass uns Tapas essen gehen.)

Dieser Abend war der Beginn eines Sommerglücks zwischen dem sehr katholischen Hector und mir. Ob es die zerfetzte Jeans, die rockige antike braune Lederjacke, sein Gang, die zerzausten schwarzen Haare oder die tiefe Stimme war, weiß ich nicht mehr. Ich weiß aber, dass er faszinierend laut lachen konnte und dass es nicht bei Vermittlung von Mietwagen blieb. Ich mochte ihn fürs Dranbleiben, Weitermachen und Durchziehen. Eine Woche zuvor hatte ich ein Date mit einem ‚Travel-Manager‘ unserer Agentur, der die Persönlichkeit eines Aufbackbrötchens hatte. Hector dagegen war kein Typ, der kluge Weisheiten von sich gab, sondern ein Kerl, der Ansagen machte. So kam es, dass er mich zum Ende der Saison zum Bleiben bewegen wollte. Ich gab ein „Vielleicht“ von mir, wollte aber eigentlich weiterziehen. Mein Reiseleiter-Abenteuer hatte doch erst vor einem Jahr begonnen! Es gab noch unzählige pulsierende Zielgebiete zu v-er-leben.

Mein „Vielleicht“ war gekoppelt an die Forderung einer Wohnung mit Meerblick, denn bisher wohnte ich in einer Bungalowanlage der Agentur, aus der ich zum Ende der Saison ausziehen sollte. Als Reiseleiterin musste ich laut Vertrag halbjährlich das Ziel wechseln, alternativ im Winter (wo insgesamt weniger RL benötigt wurden) unbezahlten Urlaub nehmen und bis nächsten Frühjahr aussetzen. Meine Bedingung an Hector war voreilig. Im Winter – so dachte ich – würde er aufgrund Langzeit-Urlauber, bzw. Rentner aus ganz Europa, die ihren Winter auf der Insel verbrachten, keine Wohnung finden. Aber ich beachtete dabei nicht, dass Hector ein Macher war, und so warf er mir noch am gleichen Tag einen Schlüsselbund auf den Schreibtisch. Wir hatten also eine gemeinsame Wohnung für den Winter, im kanarischen Stil möbliert, mit bodentiefen Fenstern und – wie gewünscht – mit Meerblick.
Und das war von Hector kein Vorschlag, das war eine Entscheidung, die hieß ‚Auf geht’s!‘ Also rückte ich meine gefeierte Krone zurecht und zog ein.

Der Herbst blieb mild. Selbst im Winter war das Klima mediterran-subtropisch. Eigentlich konnte es nur gut werden, wenn da nicht die Sache mit der Schwangerschaft dazwischen gekommen wäre. Einen kleinen Hector in meine Welt zu bringen, kam mir mit 24 noch völlig absurd vor. Gerne hätte ich die Reset-Taste betätigt, neu gestartet, und durch eine komplette Körperwiederherstellung diese ungewollt gespeicherte Schwangerschaft verloren!

Die Frauenärztin lächelte mich herzig an und gratulierte. Hector brüllte vor Freude:

„Jetzt bleibst du aber!"

Ich stutze – Er feierte es auch noch. Aber nur kurz. Dachte er wirklich unser Winter würde in den Frühling übergehen? Ich hatte nie geäußert, dass ich meinen Beruf aufgeben würde. Mein anschließend unpassendes Verhalten brachte ihn um seine Selbstbeherrschung. Er tobte, als ich gefühlskalt meine Absichten erklärte und ihn dazu auch noch beschuldigte, die Verhütung manipuliert zu haben. Ich war davon überzeugt, dass er die Kondome gelöchert hatte. Wie sonst konnte ich schwanger sein? Und war das nicht genau sein Trumpf? Sein Wunsch mich auf der Insel zu behalten war so groß, dass ich ihm die Lenkung unseres Schicksals durch Täuschung zutraute.

Unser Sommerglück erstickte an dem Tag. Ich konnte weder Sommer noch Glück wie bei Monopoly zurück auf Start setzen.

Was aus unserer Unbekümmertheit blieb war eine bittere Verstimmung. Die Verantwortung für unsere Zukunft lag bei mir, aber ich saß auf meinem Thron der Unabhängigkeit. Das Skript für dieses Drama schrieb ich! Hector sperrte sich im Bad ein und schlug mit dem Kopf gegen die Wand, als wollte er den seelischen Schmerz physisch wahrnehmen.

Es gibt Erinnerungen, die sind zu gruselig, um sie zu behalten, und/aber gleichzeitig zu bedeutend, um sie zu entsorgen. Es zählt nie der Anfang. Es zählt das Ende. Ich ließ Hector zurück, versehen mit tiefen Wunden der Ablehnung und des Ungeliebtseins.

Ich machte mir wenig Gedanken zum Thema Abtreibungsmethoden. Somit meldete ich mich fluchtartig bei Lisa an, die noch in Chile lebte. Sie kannte eine Hebamme, die in ihrem Schlafzimmer illegal ambulant Abtreibungen vollzog. Also fuhr ich zu der Adresse in einer Barackensiedlung abseits der Kernstadt, wo mich eine ziemlich pummelige Frau mit einer Umarmung empfing, als sei ich ihre Nichte. Neben ihrem Bett stand eine Untersuchungsliege, die wahrscheinlich aus einem Krankenhaus stammte. Ich musste vorab die vereinbarten 300,- US$ zahlen, dann mich auf die Liege legen und die Beine anwinkeln. Nach örtlicher Betäubung des Muttermundes desinfizierte die Hebamme einige Metall-Instrumente, die in einer Schüssel aus Emaille auf dem Bett lagen und erzählte dabei, dass ihr jüngerer Sohn seit 4 Tagen verschwunden sei. Er sei politisch aktiv und kämpfte mit der linksgerichteten Stadtguerilla gegen die Diktatur. Ich habe nie erfahren können, ob er einer der 100.000 Menschen war, die in den Protesttagen 1983/-

1984 aus politischen Gründen festgenommen und gefoltert wurden. Oder ob er sogar zu den Demonstranten gehörte, die erschossen wurden. An diesem Tag aber war meiner Gebärmutter die Politik scheißegal.

In jedem natürlichen Zyklus der Frau gibt es eine Phase, in der die Gebärmutterschleimhaut aufgebaut wird. Falls innerhalb des Zyklus keine Schwangerschaft eintritt, wird diese Schleimhaut anschließend durch die Regelblutung wieder abgestoßen.

Bei einer Curettage (Ausschabung) wird die Schleimhaut der Gebärmutter ‚künstlich‘, das heißt durch eine kleine Operation, herausgeschabt. Dafür verwendete die Hebamme ein stumpfes Schabinstrument. Vorab führte sie ein sogenanntes Spekulum in die Scheide ein, das aus zwei Blättern bestand, die eine trichterförmige Öffnung bildeten. Durch eine Spreizung der beiden Blätter konnte die Vagina entfaltet werden, und damit war der Gebärmutterhals sichtbar. Den Muttermund dehnte sie – um in die Gebärmutterhöhle zu kommen – mit Hilfe von speziellen Stiften. Anschließend würde die Hebamme mit der Kürette, die wie ein Löffel aussah, den Embryo mitsamt Plazenta von der Gebärmutterwand ablösen, um dann ausgeschabt zu werden.

Der Eingriff an sich sollte etwa zehn Minuten dauern, aber sie wackelte ständig mit dem Kopf, stöhnte und sagte, sie könne ‚es‘ nicht finden. Die Betäubung ließ nach. Mein Herzkreislauf war empört. Ich reagierte aus Angst, Panik, Aufregung oder Stress unbewusst mit tiefen, schnellen Atemzügen. Erst war es nur ein ‚Ameisenlaufen‘ an den Händen, die sich zu einer komischen Form verkrampften. Dann auch Kribbeln um den Mund.

Ich konnte nicht mehr äußern, dass sich mein Körper taub anfühlte. Die Hebamme bemerkte dies, redete besänftigend auf mich ein und bat mich, ruhig zu atmen. Sie sagte, dass mein Zustand harmlos sei und bald vorübergehen würde. Dann gab sie mir eine zweite Betäubung und klopfte mir auf die Oberschenkel, bis sich die Lähmung löste. Schließlich zeigte sie mir den ‚Fund‘.

Nach dem Eingriff sagte sie, die Wunde könnte noch für ein paar Tage leicht bluten. Es würde eventuell nach circa drei bis fünf Tagen sogar etwas stärker werden, ähnlich wie bei der Regelblutung. Es traten tatsächlich ziehende Schmerzen und etwas Fieber auf, vergleichbar mit den Beschwerden einer heftigen Menstruation. Ich dachte nur: dieser Schmerz passt nicht zu meinem Körper. Aber er war eindeutig da, und mein Kopf hieß ihn willkommen. Wahrscheinlich um die entstandene Leere zu füllen.

Der Tag endete mit einer Portion Trost und einer Dosis Rotwein. Bei Lisa konnte ich meinen Schmerz offen manifestieren. Sie wusste, dass ich – obwohl ich Erleichterung empfand – in einem emotionalen Kapitel weilte. Sie ahnte, dass ich nicht reden mochte. Und, dass ich keinerlei besonders ergreifender Worte oder eine Erklärung für diese Leere brauchte. Ich wollte nichts weiter als in den Arm genommen werden. Von ihr. Nur Lisa konnte mühelos Beruhigungssignale an mein Gehirn senden. Sie wusste dieses Gedankenkarussell der negativen Gefühle (welches derzeit um mich kreiste und nicht darauf ausgerichtet war, eine Lösung zu finden) zu hemmen. Sie erweiterte meinen Denkradius und bestärkte mich darin, mich mit der Handlung auszusöhnen. Auch die diffuse Verlegenheit betreffend Wiedersehen mit Hector bändigte sie. Angst gehört zu den Gefühlen, die wir nicht im Griff haben. Aber Lisa untersagte mir diese/meine Unruhe und Unlust zu übertreiben, und ermutigte mich neue Maßstäbe für die Zukunft zu finden. Ich sollte Hector mit gesunden Aggressionen entgegnen, und synchron meine Illusionen loslassen. Die harmonischen Bilder, die ich von ihm und mir hatte, gab es nicht mehr.

Ich flog drei Tage später wieder auf die Insel. In unsere Wohnung konnte ich der tristen Stimmung wegen nicht zurück, also quartierte ich mich in eine meiner zuvor betreuten Hafenviertel-Pensionen ein und rief Hector an. Er fand heraus, wo ich war und da er wusste, dass ich nicht öffnen würde, schob er mir ein Zettelchen unter die Tür: ‚Frühstück morgen 10:00 Uhr im Palmenhof am Hafen.‘ Ich meldete mich bei niemanden außer in der Agentur um mir so schnell wie möglich ein Stand-by-Ticket nach Deutschland zu sichern.

Die bis dahin sporadisch auftretende wunderbare Überlegung in meinem törichten Kopf, dass alles im Leben (jede Begebenheit) Teil eines großen Gesamtplans sein könnte, der zu dem einen wahren Seelenverwandten führen sollte, schien mir albern. Aber wenn doch alles nach Plan läuft, was für einen Sinn hat das Leben dann?

Ich rief Lisa abends noch an:

„*Warum* habe ich diese Schwangerschaft abgebrochen? *Warum* bloß traf ich diese kompromisslose Entscheidung? Und *warum* soll ich morgen überhaupt aufstehen? Wegen des Frühstücks?“

„Nein, nicht wegen des Frühstücks. Steh auf, um weitere Fehler zu machen!" Wir lachten. Fehler wie diesen.

„Und wenn du klug bist", sagte sie, „dann lernst du aus diesem Fehler. Du überlegst und grübelst und rätselst, und irgendwann wird dir klar, dass das Leben nicht irgendein Drama ist, in welchem du den Anweisungen einer Regie folgst. Das Leben ist das reinste Chaos. Es ist absolut unberechenbar."

Sie wiederholte und unterstrich, dass das Leben großartig sei. Ich sollte aufhören mich selbst zu sabotieren, und nur das Leben führen, das ich mir wirklich wünschte. Sie beharrte darauf:

„Es steht uns zu! Alle haben das größte Glück verdient!"

Sie sprach von Entscheidungen, die nur wir selbst treffen könnten. Niemand sollte sie uns abnehmen (dürfen). Wenn wir herausgefunden haben, was wir wollen, sollten wir nicht zögern unsere Träume zu leben. In meinem Fall gehörte auch dazu es nicht Hector recht machen zu wollen. Irgendwie sah ich mich – obwohl ich ihn als Freund zweifelsfrei verlieren würde – verschämt in einer Gewinnerrolle. Denn ich hatte meine Freiheit zurück. Und Lisa. Eine Schwester und beste Freundin mit so viel Herz, Lebenslust und Unerschrockenheit.

Hector zu treffen, fühlte sich nicht so an, wie es sich hätte anfühlen sollen. Es fühlte sich *un*-wichtig an. Ich saß *un*-willig im Palmenhof, und fand partout keine Erklärung für meine Gleichgültigkeit.

Er verspätete sich. Sein Gesicht zeugte von einer gewalttätigen Auseinandersetzung. Hector in seiner Opferrolle zu sehen, missfiel mir. Dieser Mensch hatte keine Neigung zur Gewalt! Was war passiert? Er setzte sich wie benommen hin, nahm eine Demutshaltung ein, und sprach schleppend. Er sei nicht auf Widerstand programmiert gewesen, und dass er diese oder unsere Konflikterfahrung nicht begreifen könnte. Aber je mehr Aufmerksamkeit ich ihm widmete, desto mehr bekam ich den Eindruck von Inszenierung.

In mir schwitzte ein Gefühl zwischen Ressentiments, Zerwürfnis und Ablehnung. Der melodramatische Verlauf unseres Treffens gab dem Konflikt eine Vorderseite, die das Gegenteil von Aussöhnung versprach.
Anscheinend wusste er sich nicht anders zu äußern als impulsiv und ohne einer Nuance an Selbstkontrolle. Er schlug nur deshalb zu, sagte er, weil er die Situation nicht deuten könnte. Er hätte mich schließlich gebeten ‚sein‘ Kind auszutragen und ihm zu überlassen. Natürlich wäre es wünschenswert gewesen, wir wären gemeinsam zu einem Ja oder zu einem Nein gekommen. Ich aber sah nur *mein* Leben, und *da* war (noch) kein Platz für ein Kind.

Es war keine Beziehungsfrage, die hier im Vordergrund stand. Während ich mit sachlicher Reflexion irrelevante Erwägungen um mich warf, verstand Hector nicht, warum ich der/unserer Partnerschaft das Kind nicht zutraute. Für mich war eine gemeinsame streng katholische Elternschaft nicht denkbar. Hector empfand zu Recht mein Zaudern und Zweifeln als Zurückweisung. Wir hatten zum Thema Schwangerschaftskonflikt absolut widersprüchliche Gefühle. Es gab kein ‚Obwohl‘

oder ‚Sowohl-als-Auch'. Hector war damals meiner Entscheidung regelrecht ausgeliefert, weil ich in der Frage nun einmal das letzte Wort hatte, und ohne seiner Zustimmung gehandelt hatte. So endete unser Sommerglück vorhersagbar dissonant im Schatten einer Palme.

Wieder zurück in Deutschland wartete ich auf meinen nächsten Einsatz als Reiseleiterin. Die Tage bestanden aus unzähligen Emotionen und Gedanken. Manche nisteten sich regelrecht in mir ein, andere waren so flüchtig wie der Flügelschlag eines Kolibris. Physiker behaupten, dass jeden Tag rund 60.000 Gedanken durch unseren Kopf schwirren. Engel und Teufel saßen auf meinen Schultern und konkurrierten. Sie bemühten sich um mein Gewissen.

Lisa sagte: „Nichts ist entweder ‚gut' oder ‚schlecht'. Erst unser Denken macht es dazu."

Als der ersehnte Anruf aus der Schweiz – wo sich die Zentrale der Außenmitarbeiter befand – kam, sprang ich vor Freude in die Luft. Der Reiseveranstalter war meinem Wunsch, in einem sozialistischen Land zu arbeiten, nachgekommen. Wir, die bunt gewürfelte Crew für Bulgarien und Rumänien, fuhren in Kolonne mit 8 weißen VW-Variant Richtung Schwarzmeer quer über (gute Straßen in) Österreich und (nicht so gute Straßen in) Jugoslawien. Abgesehen von der ersten sozialistischen Grenze, die Probleme verursachte, war der Weg selbst aufgrund Benzinknappheit aufregend. 1980 war Tito gestorben, Jugoslawien litt unter einer tiefen Wirtschaftskrise, das Land verfing sich in einer Schuldenfalle. Mit dem Zusammenbruch des Kommunismus verschwand nach Tito langsam auch die verbindende

Ideologie von ‚Brüderlichkeit und Einheit‘. Es war früher Frühling 1984, als wir die Grenze Калотина (Kalotina) nach Bulgarien passierten. Die Deklaration unserer Güter (Kleidung, Utensilien, Bürobedarf) an der Границата (Grenze) dauerte 4 Stunden. Eine mechanische Schreibmaschine wurde in meinem Pass eingetragen, um sicher zu stellen, dass ich sie wieder ausführe und wir sie nicht in Bulgarien veräußern. Einem Zollbeamten gefiel die sportliche Armbanduhr von Hugo, unserem Chefreiseleiter für Rumänien. Nicht nur das Armband aus Walnussholz und Edelstahl gefiel dem korrupten Zöllner. Ihn reizte sichtlich das schimmernde Zifferblatt und die Mondphasenanzeige. Hugo musste sie hergeben. Machtmissbrauch und was Annahme von ‚Geschenken‘ an den Grenzen anging, kannte er von seinem letzten Sommer auf Cabo Verde. Er meinte, wir müssten die Beamten ‚anfüttern‘ um die Grenze zu passieren. Wir wunderten uns, dass es keine weiteren Forderungen gab. Später erfuhren wir, dass die Uhr ein billiges Imitat war, und dass Hugo sie bewusst eingesetzt hatte.

Kurz bevor wir ca. 500 km nach Kalotina das Черно море (Schwarzmeer) zum ersten Mal sehen konnten, hielten wir an, um uns von den Kollegen, die weiter nach Rumänien fuhren, zu verabschieden.

Wenn man ans Meer kommt

soll man zu schweigen beginnen

bei den letzten Grashalmen

soll man den Faden verlieren

und den Salzschaum

und das scharfe Zischen des Windes einatmen

und ausatmen

und wieder einatmen

Wenn man den Sand sägen hört

und das Schlurfen der kleinen Steine

in langen Wellen

soll man aufhören zu sollen

und nichts mehr wollen wollen nur Meer

Nur Meer

~ Erich Fried ~

Der Goldstrand am Schwarzen Meer, mein neuer Standort 1984 und ein wolkenloses Zuhause für 9 Monate Sommersaison, bestand – wie der Name es sagte – aus goldschimmerndem, feinkörnigen Sand, und das Wasser war tatsächlich dunkel. Dieses osteuropäische Binnenmeer, das über den Bosporus und die Dardanellen mit dem östlichen Mittelmeer verbunden ist, schmeckte unerwartet unsalzig. Man sagt in den Tiefen sei der Salzgehalt höher. Der goldene Strand mit einem bunten Jachthafen und einer quirligen Strandpromenade war 3 ½ km lang, gelegen im Norden der fast 400 km langen bulgarischen Küste. Historische Städte mit kulturellen Highlights, urige Urdörfer, Höhlenklöster, Weinreben und Sonnenblumenfelder, unberührte und wilde Naturschutzgebiete, Gebirgsketten und Kreidefelsen zeigten das Land von einer konträren, bzw. von seiner andersartigen Seite. Die Schwarzmeerküste versprach definitiv Kontrast und Abstand zu Hector und seiner Heimat. Der Trick des Glücks ist, dass es uns nie verrät, was noch kommt!

Ich kam im Hotel злата котва (Goldener Anker) unter. Eines der Apartments funktionierten wir zum Büro um, und somit war ich tatsächlich im Haus verankert. Ich zirkulierte manchmal stundenlang im Haus zwischen meinem Hotelzimmer (wohnen), Restaurant (frühstücken), Büro (arbeiten), Terrasse am Pool (Mokka-Pause) und Sprechstunde in der Lobby (betreuen und verkaufen). Zum ersten Mal im Leben beschäftigte mich hautnah eine makabre Szenerie von Menschenspaltung. Sowohl in den Hotels als auch am Strand gab es totalitär abgetrennte Bereiche für Gäste aus dem Osten und Gäste aus dem Westen. Die Gastronomie bot verschiedene Speisekarten an, es gab zwei Währungen, sogar getrennte Ein- und Ausgänge. Natürlich war ich im Bilde über Klassismus. Ich kam aus einem Land der dritten Welt, wo Vorurteile oder Diskriminierung aufgrund der sozialen Herkunft oder der sozialen Position allseitig war. In Chile gab es Arbeiterkinder versus Akademikerkinder. Ich kannte auch das Thema von ‚hüben und drüben‘, auch von ‚Trabi oder Käfer‘. Aber bisher war ich Zaungast gewesen! Und nun war ich an einem Ort, wo die Zerlegung eines Volkes omnipräsent war. Boj, mein Kollege aus Belgien, spottete gerne gestikulierend: „Ossi: Wir sind ein Volk! Wessi: Wir auch!"

Während für die Gäste aus dem Westen Bulgarien nur ein weiteres Land auf ihrer Liste der weltweiten Reiseziele war, durften die Gäste aus dem Osten nur in den sozialistischen ‚Bruderländern‘ Urlaub machen. Dass die Mauer 5 Jahre später fallen und dass sich Ost mit West vereinen würde, war im Sommer 1984 noch keine zugängliche Hypothese. Ob Lebensstandard oder Rolle der Frau: hier traten Auffassung und Gesinnung per eklatanter Trennlinien gegeneinander an.

Hier waren wir. An der ‚Roten‘ Riviera, einem Freiluftgefängnis. Hier besaß (und besetzte) der Staat alles. Er war sogar Eigentümer der nicht linksorientierten Schwarzmeerwellen und dem unschuldigen Sand. An der Uferstraße wurden geräucherte und gegrillte Sprotten angeboten. Auch die gehörten dem Staat: Die Uferstraße, die Sprotten, die Anbieter. Am Strand sprangen Möwen rum, es tummelten sich die ‚Sandalen‘ (so wurden die Ossis genannt), Eisverkäufer und Schwarzgeldwechsler, und außerdem jede Menge Einheimische, die sich durch ‚Liebe zum Mitnehmen‘ einem Leben mit Bürgerrechten angliedern wollten. Dass der pragmatische Bindungsgrund auf diesem Menschenmarkt das Ziel war, die Grenze zu überqueren, verloren einige Single-Urlauber aus dem Sinn. Sie trugen Scheuklappen und konsumierten roten Sekt, roten Kaviar und synthetische Romantik.

Unsere Ankunft feierten wir nach dem Auspacken im Златна рибка (Goldener Fisch), einer urigen Strandbar am nördlichen Zipfel der Uferpromenade. Ich hatte mir noch zu Hause Kyrilliza (das kyrillische Alphabet) eingeprägt und konnte alles lesen, allerdings deswegen noch lange nicht verstehen. Während meine Kollegen sich die Speisen erklären ließen, suchte ich mir das Gericht aus, das allein dem Namen nach vielver-sprechend sein musste. Луканка, ich las noch unsicher, dafür direkt laut vor und bestellte: Luuu~kannn~kaaa… Lukanka! Warum der Kellner bei mir offensichtlich auf eine Zusatzbestellung wartete, wurde mir klar, als er meine Vorspeise brachte: eine Portion Salami. Lukanka war also eine bulgarische Wurstspezialität. Wir erfuhren von Bojan, dem Kellner, dass jede Hauptmahlzeit in seinem Land mit einem Schopska-Salat beginnt, zu dem ein Rakija getrunken wird. Ja, den 40%-igen Obstler bitte auch schon zum Mittagessen. Der typische Sommersalat Schopska hat seinen Ursprung in der Balkan-Küche und besteht aus kleingewürfelten Tomaten, Gurken und süßen Paprikas, dazu schneidet man rote Zwiebeln und Petersilie, vermengt das Ganze mit Olivenöl, Essig, Salz & Pfeffer, und streut darüber geriebenen Schafskäse. Weitere typisch bulgarische Vorspeisen sind Tarator (eine kalte Suppe aus Joghurt mit Gurken und gehackten Walnüssen), Losowi sarmi (gefüllte Weinblätter) und Bob-Tschorba (Bohnensuppe). Diese Saison würde wieder schmecken!

In meiner ersten Nacht am Schwarzen Meer und in der Region, wo Geoforscher die biblische Sintflut vermuten, hatte ich eine nächtliche Illusion von sozialer Gleichheit und Freiheit aller Gesellschaftsmitglieder. In meinem Traum hielt der Zöllner (mit Hugos Uhr am Gelenk) ein Megafon in der Hand und klagte röhrend mit erhobenem Zeigefinger von der Strandbar runter zum friedlichen Meer: „Und es soll kein Mensch über einen anderen bestimmen! Und es soll eine klassenlose Gesellschaft geben!"

Oft brausen die Gedanken in unserem Kopf wie ein Wirbelsturm, und nachts können sie völlig bizarr werden, oder total absurd. Drücken Träume, wie Sigmund Freud behauptete, die geheimen Wünsche und Sehnsüchte des Träumenden aus? Zum Deuten fehlte mir das Wissen. Ich wollte mich auch nicht länger mit dem Vorfall an der Grenze beschäftigen, sondern mich lieber in der morgendlichen Dämmerung rekeln und seelenvergnügt alle Viere von mir strecken. Obwohl sich die Sonne noch weit unterhalb des Horizonts befand, dominierte das Blau bereits am Himmel und verabschiedete die Nacht.

,Aufgewacht, an dich gedacht' schrieb ich auf eine Postkarte für Lisa vom Bett aus und blickte dabei eine Weile raus auf das dunkle ruhige Gewässer. Während ich mich später anzog, überlegte ich, wie ich die kahlen Wände mit Leben füllen könnte. An die Zimmerwand gegenüber dem großen Fenster brachte ich demonstrativ ein Tabak-Werbeposter mit der Aufforderung ,Let's go West' an und kicherte. Ich weiß nicht mehr, was ich mit diesem antikonformen Handeln eigentlich provozieren wollte. Aufmerksamkeit? Wollte ich – Ilona Lackner –

etwa im Alleingang gegen Anpassung, Opportunismus und Duckmäusertum rebellieren?

Ich war so neugierig auf die kommenden Monate und das Arbeiten in einem Land, das sich zuvor nicht in meinen Lebensrahmen einfügen ließ, denn unsere Arbeitsgenehmigung – die wir nur aufgrund diverser Zugeständnisse erhielten – war an empfindliche Bedingungen geknüpft. Es war dies und das einfach verboten. Urs, unser Chefreiseleiter, hatte an uns appelliert die Tabu-Liste einzuhalten.

Der erste ‚Arbeitstag‘ begann mit einem gemeinsamen Frühstück der Crew in ‚meinem‘ goldenen Anker. Urs verteilte die Hotels (wer betreut was?) während wir die Blätterteigtaschen mit Feta-Käse probierten. Ansonsten gab es Fladenbrot aus geknetetem Teig, das in heißem Öl frittiert und mit Joghurt und Honig kombiniert wurde. Christo, der Oberkellner, brachte jedem von uns ein kleines Tontöpfchen mit Кисело мляко (saure Milch). Der bulgarische Joghurt, so sagte er, sei eine der ältesten und ersten Joghurtsorten der Welt. Er würde ohne Zusatzstoffe hergestellt, typischerweise aus Kuh-, Schaf-, Büffel- oder Ziegenmilch. Zu dieser puren weißen Frische servierte Christo eingemachte Sauerkirschen. Manolis, ein aus Griechenland stammender Kollege, klärte uns auf:

„Historiker vermuten, dass der Joghurt auf dem südöstlichen Balkan durch Zufall entstand, als Protobulgaren, ein Nomadenvolk (Schaf- und Ziegen-Hirten) eine Lösung suchten, um Nahrungsmittel haltbar zu machen. Sie warteten einfach ab und schauten, was mit der Milch passierte. Durch die unbeabsichtigte Fermentierung entstand Joghurt."

Ich fragte Manolis, warum wir in Westeuropa dann von griechischem und nicht von bulgarischem Joghurt sprechen.

„Die Griechen sind eben sehr gut im Kopieren…", sagte er, „…und im Marketing!", und stimmte damit ein Gelächter an unserem Tisch an.

„Apropos Vermarktung", unterbrach Urs unser Beifallsgeschrei, „folgende Tagesausflüge werden wir anbieten":

- Land & Leute ---
  Busfahrt: Kultur und Tradition

- Piratenabenteuer ---
  Segeltörn: auf der ‚Nyla' nach Nessebar

- Städte-Touren ---
  Varna: Hafen, Kathedrale, röm. Therme, etc.
  Sofia: Alexander-Newski-Kathedrale,
          Kulturpalast, Witoscha Boulevard, etc.

- Küsten-Touren ---
  per Bus in den Norden bis zum Kap Kaliakra
  oder in den Süden bis Nessebar
  entlang der Küstenstraßen

- Waldfest ---
  BBQ inkl. Folklore-Show & Feuertanz

Hiermit sollten wir die Info-Tafeln in den jeweiligen Hotel-Lobbys bestücken und parallel dazu unsere individuellen Präsentationsmappen (mit einem kurzen Selbstporträt, Wissenswertes über den Ort, Land und Leute, Zollformalitäten, Ausflüge, Empfehlungen, Kontakt- & Notfalladressen) vorbereiten. Innerhalb der nächsten Tage mussten wir Wissen, Zahlen und Fakten herunterbeten können, denn in einer Woche war Saison-Eröffnung. Bunte Strandtücher und aufblasbare Krokodile würden den ‚goldigen‘ Sand verkleiden. Ein ganzer Tag war für die Agentur (natürlich Regierungsmonopol, denn Tourismus war ein profitabler Zweig) reserviert: Kollegen kennenlernen, Abrechnungs- und Hotelreservierungs-System einsehen, Flughafentransfers besprechen.

„Wir werden aber auch mehrtägige Ausflüge anbieten, darunter Flüge nach Moskau oder eine 3-Tages-Kreuzfahrt nach Istanbul."

Urs warf kleine zusammengefaltete Zettelchen auf den Tisch, die mit unseren Namen versehen waren.

„Zwei von euch werde ich auf eine Reise schicken, um das Angebot zu testen, bzw. um uns darüber zu berichten."

Hendrik, unser Holländer, Betreuer der Gäste aus den BeNeLux-Ländern, wurde für den Flug nach Moskau gezogen, und ich für die Kreuzfahrt nach Istanbul.

Meine Freundin Tine aus Bochum hatte sich direkt in der ersten Woche bei mir eingenistet und begleitete mich auf die Reise. Während ich mit dem von Urs gewünschten

Report beschäftigt war, alles an Bord des russischen 5-Sterne-Schiffes zu beurteilen, flanierte Tine zwischen Panorama-Lounge, Open-Air Cocktail-Bar, Souvenir-Boutiquen, Sonnendeck und Pool. Zwischendurch trafen wir uns zum Snack und schauten vom Liegestuhl aus auf die vorbeiziehende Küste. Abends wurden wir zum ‚Captain's Dinner' eingeladen, und ich – die ‚Inspektora' (wie der Kapitän mich taufte) – durfte meine Recherche, direkt nach seiner temperamentvollen Begrüßung der Gäste, am Tisch fortsetzen. Es folgte mehrfach ein „На здоровье!" (Prost!). Gefühlt nach jedem Satz. Ob es ein Prosit auf die Freundschaft war, oder der Kapitän sich das allabendliche Live-Programm schön trank, bleibt ungewiss.

Die Nacht in unserer großzügigen Suite verlief seelenruhig und windstill. Um ca. 5:00 Uhr morgens waren wir die Ersten in der ‚Himmel & Meer-Lounge', tranken einen russischen Mokka (mit einem klitzekleinen Schuss Wodka) und gingen dann auf das obere Deck, um den Sonnenaufgang über Istanbul nicht zu verpassen.

Die Einfahrt durch den Bosporus in dem Moment, wo die Sonne den Horizont überschreitet, dazu die Aussicht der vorbeiziehenden glitzernden Moscheen und malerischen Viertel mit neobarocken Gebäuden, war spektakulär. Wir schauten rechts/links über die Ufer Europas und Asiens hinweg. Istanbul selbst mit seinen gepflasterten Gassen war wie ein Geflecht voller Kunstgeschäfte, Galerien, Märkte und Cafés.

Das Highlight der Kreuzfahrt entlang des Bosporus zwischen zwei Kontinenten wiederholte sich in der milden Abenddämmerung – vom alten Konstantinopel rausfahrend – zurück in das entspannte Schwarze Meer. Mein Résumé:

- Grandiose Route ‚All-In'
- Traumhaftes Ziel (Liebelei zweier Kontinente)
- Erlebnis und Entspannung
- Aufmerksame Crew (trinkfester Captain!)
- Kulinarisches Erlebnis (exquisite Cuisine)

Ich konnte Urs mit Leichtigkeit davon überzeugen, dass diese Exkursion unbedingt in unserem Tourangebot aufgenommen werden musste. Ich, jedenfalls, erlebte auf dem Bosporus meine aufregendste Affäre mit der Sonne.

Tine flog nach einer Woche wieder zurück. Nun aber sollte ich mich auf die ankommenden ‚HBs' (Handtuch-Blocker) konzentrieren. Alternativ nannten wir unsere Gäste auch gerne die ‚FLKs' (Flugzeuglandungs-klatscher). Überhaupt hatten wir eine eigene Reiseleiter-Sprache. Im Falle eines Toten, sollten wir von einem HUGO sprechen, damit wir umstehende mögliche Lauscher nicht abschrecken. HUGO stand für ‚Heute Unerwartet Gestorbenes Objekt'.

Direkt mein erster Flughafentransfer verlief übel. Der Bus war voller weißer Socken in Sandalen, die ich in ihre jeweiligen Unterkünfte begleiten sollte. Lauter Partner-look-Pärchen, die wie Bonnie und Clyde jede Eisdiele überfallen würden, nur dass sie Rosi und Helmut hießen. Ein Kölner freute sich über die ‚herrlllische Aussischt!'. In der letzten Reihe aber saßen 4 Maulhelden, die ihrer

Kritik-Kultur freien Lauf ließen. Der Goldstrand war eine der östlichen Partymeilen Europas und zog somit auch den Sauftourismus an. Diese 4 Stecher tranken aus dunklen Dosen, kommentierten jede Frau auf der Route und brüllten mich mit ‚Hey, du kommunistische Kuh!‘ an. Ich entschied mich für Contenance: Tief einatmen, Zurückhaltung und Gemütsruhe bewahren. Als ich die Großmäuler in ihrem Hotel rauswarf, stand gerade mein österreichischer Kollege Oskar (ein Musketier) da, der sie in der kommenden Woche betreuen durfte. Ich erzählte ihm schnell den Vorfall, woraufhin er sich die 4, noch am Bus stehend, auf ihr Gepäck wartend, vornahm:

„Servus! Grüezi!“

Grölendes Zunicken. Dann stellte er sich ganz nah an das Quartett und flüsterte fauchend:

„Eins sage ich euch, ihr Schaumschläger: *Eine*, nur *eine einzige* weitere Provokation uns gegenüber, und ich hetze euch die extrem kommunistische Sicherheitspolizei auf den Hals!“

Überraschend verdutzt schwiegen sich die 4 Gernegroß kofferschleppend zur Rezeption. Oskar schrie ihnen hinterher:

„Hier wird weder beleidigt noch wild gepieselt! Ich hole euch übrigens nicht aus dem Zentralgefängnis in Sofia raus. Da könnt ihr dann mit weiterem Ungeziefer in einer der härtesten Anstalten der Welt gerne verrotten!“

Bähmmm! Das saß. Oskar, mein Held des Tages, hatte ab dann unsere höchste Hochachtung. Bis dahin hielt ich

ihn für arrogant und – da auf einer Festung im Burgen-
land aufgewachsen – auch als verwöhnt. Das Kuriose an
dem wunderbar bequemen Schubladendenken ist:
Klischees werden der Realität nur in Ausnahmefällen
gerecht.

Da wir am Flughafentag bereits um 4:00 Uhr morgens
aufstehen mussten, trafen wir uns am Abend nicht (wie
sonst üblich) in unserer Strandbar. Christo hatte für mich
ein Stück Baklava-Strudel (mit gehackten Walnuss-
kernen, Cashewnüsse und Zitronen-Honig-Sirup) in
meinem Reiseleiterfach an der Rezeption hinterlegt. Ein
Gast zeigte dort am Tresen auf die handbemalten
Holzfläschchen mit Rosenöl, die in der Vitrine mit anderer traditioneller Volkskunst angeboten wurde, und
fragte Laura im perfekten Touristen-Deutsch: „Wieviel
kostet?" Laura rollte mit den Augen, während sie mir den
Teller mit Baklava reichte, und wandte sich dann an den
rot verbrannten Kopf unter dem Strohhut:

„Lieber Herr Krause, in Ihrem Satz fehlt sowohl ein
Artikel als auch ein Nomen."

Bis zum Treppenhaus musste ich mir das Lachen
verkneifen, dann kugelte ich mich die Stufen hoch. Ich
mochte Lauras Eigensinn. Sie hatte mir am Abend zuvor
gebeichtet, dass Oskar und sie eine ‚Mo‘olelo' hätten.
Eine was? Das Wort hatte sie aus dem Roman ‚Hawaii'
und bedeutete ‚Geschichte'.

Ich sperrte oben die Fenster weit auf, freute mich über
die Sicht auf den entvölkerten Strand und biss in den
Strudel. Halleluja, Bulgarien schmeckte immer besser!
Während ich mich fragte, ob ich in einem orthodoxen

Land und vor den spitzen Ohren der BKP (Bulgarische Kommunistische Partei) eigentlich den Herrn loben durfte, klingelte das Telefon. Laura bat mich runterzukommen. Perfekt, so könnte ich sie gleich zum Thema befragen, denn betreffend historischen Verwerfungen (oder aktuellen Konflikten) zwischen Regierung und Kirche wusste ich noch überhaupt nichts.

Vor der Rezeptionstheke stand der schönste Mann der Welt und sortierte willkürlich die Grußkarten auf dem Postkartenständer um. Laura grinste und zwinkerte mir zu. Der Kerl war nicht nur männlich und interessant, er schaute einfach sagenhaft gut aus! Ohne mich anzuschauen, lachte er mich an und fragte:

„Schon gegessen?"

Zur Optik also auch noch eine Stimme, die gefiel. Und obwohl ich mich aufgrund der Erfahrung mit Hector (nur für) diese Saison von Männern lossagen wollte, schnipste mein Instinkt und das Herz meinte: ‚Das ist er!'
Sogar mein Kopf hatte Mitgefühl und mein Mund unterwarf sich: „Nein!"
Dabei hatte ich bestimmt noch Baklava-Reste im Hals.

An diesem Abend ignorierte ich die Tabu-Liste gleich mehrfach. Ich stieg in Pepes Fahrzeug ein (verboten), ich fuhr mit ihm nach Albena (knapp über 10 km vom Goldstrand entfernt, verboten) und wir aßen zusammen (verboten). Schließlich könnte ich ja durch den ständigen Kontakt zu einem Bulgaren dessen systemtreue Überzeugung verderben.

„Ich bin kein gefährlicher Feind des Sozialismus“, sagte ich Pepe, und fragte ihn, wie er – als Einheimischer – an den Job als Reiseleiter gekommen war?

„Ich studiere Tourismus und diese Saison dient für mich lediglich als Praktikum“, erklärte Pepe und setzte fort: „Unser Reiseveranstalter hat nur einheimische Reiseleiter eingestellt. Und *du*? Wie kommst *du* und eure Rasselbande dazu bei uns zu arbeiten?“

Ich prostete ihm zu: „Na, wir wollen unsere Gäste selbst betreuen und nicht in fremde Hände geben. Ich bin fest angestellt und wechsle pro Saison das Zielgebiet“.

Diese Strandbar war chilliger als die am Goldstrand. Hier wurden primär Getränke angeboten, aber es gab auch Kleinigkeiten. Wir bestellten ‚Kashkaval-Pane‘ (gelber, halbharter Käse aus Schafsmilch, gebraten) und vorab natürlich Schopska-Salat zum Rakija. Der Traummann (Mann bis zum Ende aller Tage) hatte einen klugen Kopf und traf meinen Humor. Er warf mit Ironie um sich, betrachtete Dinge aus der Distanz, und nahm sich selbst nicht so ernst.

Laura hatte keine Nachtschicht, also ließ ich ihr, bevor ich zum Schlafen hochging, ein Zettelchen an der Rezeption: ‚Mo‘olelo-Alarm!‘ Ich wälzte mich die halbe Nacht und schüttelte mehrfach alle Gedanken, die sich im Kopfkissen verschanzten, ab. Die Daunen saugten sie (die Gedanken) regelrecht auf. Das ganze Umfeld schien mich auszuhorchen. Oder fühlte ich mich bereits observiert? Der Traummann (der Mann für gute und schlechte Zeiten) hatte mich vor dem Hotel herzhaft in den Arm genommen und ad hoc ein einzigartig gewaltiges Gefühl bewirkt: herzerfrischende Lebenslust!

Ich träumte wieder wirres Zeug. Da versteckten sich Republikflüchtlinge unter der Rezeptionstheke. Laura sagte (im Traum): ‚Selbst die Badenden bewacht der KPB!‘ Tausende von Spitzeln tummelten sich, als Zivilisten getarnt, in der Lobby. Pepe war Mitglied der bulgarischen Sicherheit und musste das Verschwinden der Flüchtlinge unverzüglich melden. Ich wollte ihn daran hindern, aber er umarmte mich, um mir unbeobachtet zuflüstern zu können: ‚Dies ist operativ notwendig!‘

Ich wachte zerknirscht auf. Die Vorstellung, der Traummann wäre in Wahrheit ein Vorposten zur Verhinderung von Fluchten, zerschellte von selbst, als ich Laura unten traf.

„Ich wusste es!“, schrie sie mir zu.

„Моля?“

Mein Vokabular war noch miserabel, aber ‚Wie bitte?‘ konnte ich schon. Ich vertraute ihr, mochte ihre Ansichten und ihre Direktheit. Kurz deutete ich Bedenken an, da blockte sie schon ab:

„Ilonka, hab‘ einfach Mut und Zuversicht.“

Ich hatte ein innerliches Grenzgefühl, wie eine Magenverstimmung, denn ich musste es Urs gestehen. Am besten sofort: „Ich habe die Anweisungen missachtet“, erklärte ich direkt beim Eintreten ins Büro.

Urs zeichnete sich auf der Stirn mit dem Daumen ein Kreuz nach. „Das ist eindeutig ein Mangel an Respekt gegenüber der Gesellschaft!" Er lachte: „Was hast du getan?"

Ich kam aber gar nicht dazu ihm über den gestrigen Abend zu erzählen, da es an der Tür klopfte und Pepe (der Traummann in Persona!) temperamentvoll hereinplatzte und direkt auf Urs mit ausgestreckter Hand zuging.

„Hi, ich bin Pepe, auch Reiseleiter. Andere Crew. Die Einheimische."

Die Ausstrahlung und das Benehmen beeindruckten mich. Das war der Anfang meiner wahren Geschichte von Liebe, Glück und Leidenschaft.

Als Pepe wieder aus dem Büro raus war, spottete Urs:

„Wo isch de Polizeitposchte?" Manchmal verstand ich ihn sogar. Nein, er würde es nicht melden. Wir sollten nur ‚ufpasse!‘

„Aa!" (Ja!). Natürlich würden wir aufpassen.

Fakt war, wir befanden uns an der ‚Roten‘ Riviera, wo wahrscheinlich jeder dritte Barkeeper im Dienst der bulgarischen Staatssicherheit stand. Und ganz sicher gab es auch eine von der KPB geschulte ‚Operationsgruppe‘, die als Urlauber verkleidet, alle Uschis und Helmuts beobachteten. Besonders am Strand der Urlauber aus dem Osten wimmelte es von spähenden Augen. Eine ideologische Beeinflussung seitens West-Willi zu Ost-Otto war aufgrund der Spaltung am Strand und in den Restaurants sowieso fast unmöglich. Dabei war ja eigentlich eine Reise nach Bulgarien (für die durch die Mauer getrennten Familien in West- und Ost-Deutschland) eine saubere Möglichkeit zur Begegnung. Tine und ich konnten auf der Kreuzfahrt nach Istanbul in der Nacht nichts sehen. Schließlich passierten wir relativ nah zum Ufer die bulgarische Grenze zur Türkei. Vorbei an einer 15 km breiten Sperrzone, an strom-führendem Stacheldraht und an 12 m hohen Beob-achtungstürmen. Das heißt, über Bulgarien gab es für Ostdeutsche quasi eine Hintertür in Richtung Westen. Im August 1968 berichtete der Telegraf in West-Berlin, dass es zwei Physikern aus der DDR von Nessebar aus mit einem kleinen Boot gelungen war, in die Türkei zu gelangen.

Mein nächster Besuch kündigte sich an: Maya und Samu. Das Programm war straff, ich wollte ihnen alles zeigen: per Flug zur Hauptstadt Sofia und zum Sehnsuchtsort Plovdiv (eine der ältesten Städte der Welt!), per Bus zur Hafenstadt Varna inkl. Altstadt und zum Reiter von Madara (Archäologisches Reservat), per Schiff nach Nessebar zu den Ruinen byzantinischer Festungen, vielleicht noch ins Rosental (wo das teuerste Rosenöl der Welt gewonnen wird) und zu den Thrakischen Grab-hügeln, aber auch unbedingt zum imposanten Rila-Kloster aus dem 10. JH., und… und… und…
Samu unterbrach mich am Telefon:

„Oh, das schaffen wir doch alles nicht, Ilonka.“

Mein Papá wollte ja auch noch an einem Tag seine alte Freundin Mila in Varna besuchen, die ihn auf der Flucht aus Ungarn 1945 – 1947 monatelang begleitet hatte.

Pepe wollte meine Eltern kennenlernen und übte am Abend vor ihrer Ankunft ausgefallene Anreden wie:

„Hallo, ich bin der Neue!"
Ich lachte: „Dein Ernst?"

Vielleicht sollte ich es selbst in die Hand nehmen. Ob ein „Darf ich vorstellen: Das ist ER!" besser wäre? Nicht wirklich. Zugegebenermaßen traute ich mich nicht meinem Papá zu erzählen, dass ich mich in einen Bulgaren verliebt hatte. Samu war aus zwei sozialistischen Regimes geflüchtet, und nun würde ich – als seine Tochter, die er davor bewahrt hatte in einer kommunistischen Staatsform aufzuwachsen – ihn mit einer unzulässigen Affäre zu einem Sozialisten konfrontieren? Seufz. Pepe verstand.
Wir sollten die Begegnung lieber noch vertagen.

Samu gefiel die Idee, dass Rakija ein essenzieller Bestandteil der bulgarischen Esstradition war und keinesfalls fehlen durfte. Dass der Schnaps sich auch mehrfach (vor, während und nach der Mahlzeit) seine Autorität am Tisch erkämpfte, erinnerte ihn an den ungarischen Brauch mit Palinka. Auch dieser wird bei ca. 20 ° C serviert. Das ist die Temperatur, bei der sowohl Geschmack als auch der feine Geruch der Früchte am besten mundet (und beflügelt).

Maya sagte, als wir im orthodoxen Rila-Kloster waren, dass sie nie zuvor ein schöneres Bauwerk gesehen hätte.

Das UNESCO-Weltkulturerbe, in einem abgeschiedenen Tal im Westen des Rila-Gebirges, erstaunte jeden Besucher mit Wand- und Deckenmalereien, Kapellen, Kuppeln und Glockentürmchen, Ausstellung alter Waffen der Klosterwachtposten, Münzen und Schmuck, diverse Urkunden bulgarischer Zaren, etc. Das prachtvolle Sakralbauwerk, bestehend aus ca. 300 Räumen, war ein künstlerisches Manifest des Nationalgefühls. Ein Mönch erklärte während des Rundgangs der imposanten Gedenkstätte:

„Das Kloster wurde nach dem Gründer Ivan Rilski (der Heilige Johann vom Rila-Gebirge) benannt. Dieser Einsiedler ist der bedeutendste Heilige unserer Bulgarisch-Orthodoxen Kirche."

Ich hatte Laura immer noch nicht betreffend Gottesglauben und Kirchenbewusstsein ihrer Heimat angesprochen, aber natürlich konnte Samu zur Anschauung des Göttlichen was sagen, denn er hatte während des Krieges nebenbei Religion studiert. Also löcherte ich Papá dazu aus, denn der träge Mönch war mir in seiner Langsamkeit viel zu schlürfend. Mein Interesse zum Thema Kirche hielt sich ja sowieso in (persönlichen) Grenzen.

„Die Orthodoxe Kirche", sagte Samu, „hat eine bedeutende Rolle in der mehr als 1000-jährigen Geschichte und Kultur des bulgarischen Volkes. Es waren die heiligen Brüder Kyrill und Method, die im 9. Jahrhundert das Christentum in die slawische Welt brachten, welches sich auf der Balkanhalbinsel allerdings bereits seit der apostolischen Zeit verbreitete. Mila sagte gestern, als wir in Varna die Kathedrale Mariä Himmelfahrt besuchten, dass die orthodoxen Christen in Bulgarien mittlerweile ca. 85 % der gläubigen Bevölkerung ausmachen."

Im Rila-Kloster kaufte ich mir drei kleine Erlenholz-Ikonen. Nicht der Heiligen wegen. Mir gefiel diese ästhetische Malerei, die Details, und die Vergoldung der Traumbilder. Wir suchten zusammen aus: 1.) eine (Mayas Meinung nach lächelnde) Madonna, 2.) eine (Samus Meinung nach nützliche) Schutzpatronin und 3.) entschied ich mich selbst für ein Bild mit 2 heiligen Kerlen: Nikita mit Schwert und Demetrius mit Lanze. Mir konnte in dieser Saison bei so viel Schutz nichts mehr passieren! Pustekuchen!

Als ich eine Woche später vom BBQ-Waldfest alle volltrunkenen Gäste im Minibus zurück begleitete, war am Goldstrand der Strom ausgefallen. Das Jodeln der ‚Deutschen Feuertänzer' (an dem Abend neu entdeckte Berufungen) verstummte.
Es ertönten ‚Aaahs und Ooohs'.
Erst als wir das Hotel andockten, erfuhren wir, dass es seit zwei Stunden dunkel war. Christo lief mir entgegen:

„Das Licht ist sich ausgegangen!"

Sich? Sich selbst? Ich umarmte ihn: „Morgen früh ist es wieder hell, Christo. Hast du noch Baklava für mich?"

In der Lobby brannten Kerzen, Laura äffte einen Geist nach: „Buhuuuu!". Eigentlich wollte ich nur kurz aufs Zimmer und dann zu Pepe rüber (in seinem Hotel hatten wir eine Schleuse), aber ich wurde von der Polizei aufgehalten. Sie packten mich zu Zweit und zogen mich ins Büro hinter der Rezeption. Ich schaute fragend Laura an, die nur mit Achseln zuckte.

„Sitzen Sie chiiir bitte.“

Anscheinend befand ich mich in einem Verhör. Es folgte eine absurde mündliche Befragung zu meiner Person. Der Eine rückte die Kerze näher an mein Gesicht, der Andere notierte mit. Ich hätte gerne Urs angerufen, aber ohne Strom kein Telefon. Hätte ich doch bloß nicht das ‚Let's go West'-Poster im Zimmer aufgehangen! Nach gefühlter halben Stunde wollten sie wissen, ob ich Petko Ivanov kenne. Ende der Zurückhaltung. Ich war genervt und aus Ilona, die Sanftmütige, wurde Ilona, die Uneinsichtige. Der Vernehmende sagte:

„Ich chabe choite gechört...“

„He!“ (Nein!) schrie ich ihn an „Basta!“

Ich stand demonstrativ auf. Dabei hob ich beide Hände über die Schulter hinweg, und erklärte damit das ‚Gespräch' für erledigt. Als ich mich zur Tür drehte stand Pepe im Rahmen. Die weitere Diskussion verlief hitzig auf bulgarisch, und endete mit einer Erklärung auf deutsch:

„Ilonka“, sagte Pepe, „in deinem Zimmer wurde eingebrochen!“

„Und deshalb knipsen sie das Licht im ganzen Ort aus?“ Dass wir lachten, irritierte die Wachmänner der 'Polízija'.

„Woher wusstest du ...?“ fragte ich Pepe.

Es hatte ihn stutzig gemacht, dass ich bei ihm nicht auftauchte, und er habe sich – auch wegen der Dunkelheit im Umkreis – Sorgen gemacht. Laura erzählte ihm dann, als er eintraf, dass ich im Backoffice wahrscheinlich gerade ins Verhör genommen wurde.
Währenddessen war sie schnell zusammen mit Christo in meinem Zimmer gewesen und warnte uns vor:

„Du bist sehr unordentlich!" Laura, der Scherzkeks.

Das Zimmer sah gruselig aus! Die Tür wurde aufgebrochen, der Griff rausgerissen. Sämtliche Schubladen lagen auf dem Boden, das Bett komplett auseinandergenommen. T-Shirts und Jeans wurden allesamt entwendet. Meine Stern-Zeitschrift war in hunderte kleine Papierfetzen zerrissen und im ganzen Zimmer verstreut worden, und selbst im Badezimmer wurde geplündert. Aber wie konnten die Gelegenheitstäter so unbeachtet in einem Haus mit 300 Gästen dieses, sicherlich nicht geräuschlose, organisierte Verbrechen begehen?

„Wie…?" fragte Oskar am nächsten Morgen „…wo doch die ‚Landjäger‘, wenn auch getarnt, üüüberall präsent sind?"

Ein dubioses Verbrechen.

Pardon, das war kein Verbrechen: Delikte wie Bagatelldiebstähle galten im Osten nicht als Straftaten, sondern als ‚Verfehlungen‘. Man war der Auffassung, dass der Sozialismus (die Ideologie), weniger Kriminelle hervorbringe als der konkurrierende Kapitalismus. Gesetzesbrecher passten nicht in das Bild. Also schaffte man sich eine Gesellschaft, in der es so gut wie keine Verbrechen gab. ‚Verfehlungen‘ wurden nicht in die Kriminalstatistik aufgenommen. Zack, Datenanalyse schöngefärbt.

Das dies alles ein inszenierter Einbruch war, kam erst Urs in den Sinn, als die ‘Polízija’ uns das Protokoll für die Versicherung nicht aushändigen wollte.

„Ich möchte eine Strafanzeige stellen!“, forderte ich.

Urs wackelte mit dem Kopf: „Ilona, du bist laut der Wachmänner kein Opfer. Du bist Betroffene.“

Pepe war über Nacht geblieben. Spätestens jetzt wussten alle, dass wir zusammengehörten. Wir sprachen bis tief in die Nacht über den Vorfall, und wahrscheinlich – so unsere Schlussfolgerung – vermutete man, ich sei eine aus meiner Heimat eingeschleuste Spionin. Zwischen Pinochet (dem amtierenden Diktator in Chile) und Schiwkow (dem Parteivorsitzenden, bzw. Premier der BKP in Bulgarien) gab es keine Bruderküsschen. Skepsis.

„Miss Undercover“, flüsterte Pepe in die Bettdecke, „hattest du irgendwo Bargeld im Zimmer?“

„Nur die Verpflegungscoupons, die auf dem Boden lagen.“

Urs bemühte sich um ein Varna-Düsseldorf-Varna Ticket für mich. Zischtig (Dienstag): morgens Stand-by mit der ersten Maschine hin, shoppen, abends mit dem letzten Flüüger (Flieger) zurück.

„Du kannst ja nicht den Rest des Sommers in der Reiseleiteruniform rumlaufen“, stellte Urs fürsorglich fest und fragte, ob ich das Chrüsimüsi (Durcheinander) aufgeräumt hätte.

„Ich bin doch kein Löööli!" (Das war mein Lieblingswort auf Schwiizerdütsch. Löli = Blödmann.)

Er fragte sich, was das wohl mit den Fötzel (Schnipsel) sollte. Ablenkung, dachten wir uns. Es sollte nach Einbruch aussehen.

Die Kollegen hatten schnell eine Wunschliste erstellt. Ja, wir kapitalistisch Privilegierten vermissten gewohnte Dinge des alltäglichen Bedarfs schon nach wenigen Wochen im Osten: Urs wollte eine bestimmte Seife, Boj belgische Pralinen, die Mädels brauchten Strumpfhosen (bitte die glänzenden), Manolis wollte „nur Erdnüsschen", usw. Gut, dass ich abgesehen von Lewa noch einige DM im Büro-Safe hatte. Auch Laura hatte Sehnsüchte: „Ein Pfirsich, bitte!"

Es folgte ein ernstes Gespräch mit Urs. Er säße in einer Figgimüli (Zwickmühle). Mein Verhältnis zu Pepe müsste ich beenden. Er, Urs, hätte Bedenken wegen der Tabu-Liste, die Vertragsbestandteil zwischen dem bulgarischen Reiseveranstalter und uns war. Das Regierungsmonopol könnte mich ausschaffen.

„Ausschaffen? Urs, bitte rede Dütsch mit mir!"

„Beseitigen!", lachte er, „Nein, die werden dich wahrscheinlich aus dem Land ausweisen, und folglich uns alle noch strenger unter die Lupe nehmen. Oskar und Laura sind die nächsten Akteure."

Im Goldstrand-Intershop, vor Ort, konnte man mit westlichen Identitätspapieren und Devisen exklusive Ware finden, aber natürlich zu völlig überhöhten Preisen. Bulgaren durften die begehrenswerten Produkte allerdings nur von außen durch vergitterte Schaufenster betrachten. In Düsseldorf kaufte ich mich glücklich. Ich befand mich für einige Stunden in einem völligen Auswahlrausch, als käme ich frisch aus dem Exil. Manolis hatte Recht mit seinem: „shop till you drop". Genau dabei war ich: Einkaufen bis zum Umfallen. Die Gelegenheit, verschwenderisch zu sein, war ja auf den Tag begrenzt. Also schnell her mit den Klamotten, ohne anzuprobieren, rein in die Tüte. Und noch ein Tüte. Und vielleicht noch eine.

Zu Mittag traf ich Maya und Samu, die sich frei genommen hatten und nach Düsseldorf gekommen waren. Auch für die Beiden wollte ich Zeit haben. Während des Essens offenbarte ich meine Liebe zu Pepe. Ich rechnete mit einem Abriss. Aber anstatt Bedenken, schenkte mir Samu Verständnis! Und Maya verliebte sich direkt mit (da waren wir schon zu zweit), als ich ein Foto vom Traummann hervorbrachte. Und trotz Samus Mahnvorstellung, ich könnte mich für ein Leben in Bulgarien entscheiden, befestigten sogar beide meine Illusion und den penetranten Willen Pepe nicht aufzugeben. Ich erklärte:

„Ich gehöre nicht nach Bulgarien. Ich gehöre zu ihm!"

Möglicherweise war diese Liebe aufgrund des Stacheldrahts eine Fiktion, aber ich war zu verliebt um über Seifenblasen, Selbsttäuschung, oder naiver Sinneswahrnehmung zu philosophieren. Ich hatte eine Vision!

Sehr gutgelaunt und abgeklärt flog ich am Abend zurück. Oskar nahm mich in seinem Transferbus mit und informierte mich direkt, dass wir am nächsten Tag um 13:00 Uhr eine interne Besprechung in unserer Strandbar hätten. Ich sollte aber vorab unbedingt mit Urs meine Vorstellung in Bezug auf Zukünftiges klären.

„Hoi, Rotbrüschteli!" Er nannte mich Rotkehlchen, seitdem ich mir einmal den Hals verbrannt hatte.

„Здравейте!" (Hallo!)

Da Urs sich inzwischen auch im Büro beobachtet fühlte, schob er mir einen Zettel über die beiden Schreibtische und rollte dabei die Augen Richtung Kronleuchter, wo er eine Wanze vermutete:

„Bleibst du?"

Zettel zurück: „Ja. Aber nur mit ihm." Ich pokerte. Nun würde er mich bestimmt mit einer Reiseleiterin aus Rumänien austauschen. So könnte jedenfalls sein Plan aussehen. Dann vertraute er mir an:

„Letztes Jahr habe ich mich auf Cabo Verde Hals über Kopf in eine Frau verliebt. Wir hatten eine tiefe, emotionale und auch körperliche Bindung, waren richtig süchtig nacheinander. Und dann wurden wir tragisch getrennt."

Seine Traurigkeit in der Stimme sagte alles aus. In der weiteren Erzählung war Kummer, Schmerz, Unglück. Mir wurde klar, dass er mir dieses Zerwürfnis ersparen wollte, aber ich war zu weit um (mich) umzudrehen.

Mein innerer Drang weiterzuziehen war versickert. Und ich konnte Pepe und seiner Magie nicht widerstehen. Ich *wollte* es auch gar nicht.

Nun sollte ich vielleicht noch heute oder morgen abreisen. Urs brauchte eine Pfüüsi (kleine Pause), wahrscheinlich um sich mit dem Chefreiseleiter in Rumänien abzusprechen. Ich musste außerdem zur Sprechstunde meiner Gäste runter in die Lobby. Für Laura hatte ich Bohnenkaffee, Strumpfhosen und Pfirsichmarmelade mitgebracht. Als ich ihr die Geschenke überreichte, hörte ich das inzwischen geliebte Geräusch vom ‚Pitty‘. Pepe fuhr immer dynamisch mit seinem 1956er DDR-Motorroller vor und parkte ihn vor der großen Glasfront des Hotels, so dass er ihn von der Lobby aus immer im Visier hatte. Der kackbraune Zweisitzer namens ‚Pitty‘ kam mit seinen 5 PS und ganzen drei Gängen tatsächlich auf 65 km/h. ‚Pitty‘ (oder auch Kacka genannt, wenn er nicht starten wollte) war meine zweite Liebe am Goldstrand.

Da wir keine Löölis waren, hatten Pepe und ich unsere Sprechstunden zur gleichen Zeit festgelegt. Mittwochs und samstags von 11:00 Uhr bis 12:00 saßen wir zusammen (jeder in seiner reservierten Sitzecke) im Herzstück des Goldenen Ankers und verkauften Ausflüge um die Wette. Der Verlierer musste den Rakija des Abends übernehmen. Dieses Hotel war allerdings unser einziges gemeinsames Haus. Ich betreute 3 weitere Betonblöcke an der Strandpromenade, während Pepe sich im ruhigen Südteil der ‚Roten‘ Riviera um 5 andere Gasthäuser, die von einem Pinienwald umgeben waren, kümmerte.

In den 80er war der Walkman nicht nur im Westen zu einem Statussymbol geworden, er galt auch im Osten als letzter Schrei. Ich wusste, dass Pepe ausflippen würde, wenn ich ihm ein kleines transportables Musikgerät mitbringen würde, womit er Kassetten abspielen könnte. Im Auto, beim Einkaufen, am Strand: Pepe war fortan nur noch mit den Schaumstoff umhüllten gelben Bügel-Kopfhören auf den Ohren zu sehen. Er litt sichtlich unter Walkmania. Es gab erstmal drei Tage nur Start-, Fast-Forward-, Stop- und Pause-Knöpfe. Sein Mitbring-sel bekam er auf die Schnelle nach der gemeinsamen Sprechstunde, bzw. nach unserer getrennten Verkaufs-Challenge.

„Ich frohe mich so!" (Pepe-Deutsch)

Danach musste ich zur Team-Besprechung in die Strandbar. Barfuß im Sand zu einem Meeting zu gehen, fühlte sich nicht nach Arbeit an. Meistens nahm ich den trockenen Sand, weil sich das natürliche Peeling der Füße stärker spüren ließ. Aber heute brauchte ich Ent-spannung für den Geist, also ging ich durch das Wasser.

Ich würde nur Pepe vermissen. Und Laura. Und die Crew. Denn in Rumänien wäre ich am gleichen Schwar-zen Meer und hätte das gleiche Kreischen der Möwen, den gleichen Salzgeschmack der frischen Brise und das gleiche fast unhörbare Rauschen der leichten Wellen. Das Schwarze Meer –übrigens etwas größer als Deutsch-land– hatte seinen ganz eigenen Charakter.

Urs bestellte roten Krimsekt für alle. Er sei stolz auf unsere Verkaufszahlen.

„Auf Euch! Наздраве!" (Prost!) Und dann kam die Tabu-Liste wieder auf den Tisch.

„Wir dürfen die Wachmänner nicht zu Entdecker von unentdeckten Dingen machen.“

Natürlich schüttelten wir alle vehement den Kopf. In Bulgarien war die Welt verkehrt: Ein Kopfschütteln bedeutete ‚Ja‘ und ein Nicken ‚Nein‘.

„Wir müssen uns weiterhin einsichtig und transparent zeigen, der Staat unterstellt uns ohnehin eiskaltes Kalkül. Ich bin total dagegen unsere Truppe, oder Sonstige unter uns, auseinander zu dividieren. Ilona und Pepe sind ja offenbar füreinander bestimmt.“

Urs sprach Klartext, da er an der Strandbar keine Wäntele (Wanzen) vermutete.

„Oskar, für dich gilt das Gleiche: *keine* Provokation, *keine* Insultation, *keine* Verletzung unseres Vertrages. Ich möchte seitens Hauptquartier keine weiteren Aufforderungen erhalten, in denen ich unser Fehlverhalten erklären muss. Und ich möchte nicht dafür verantwortlich gemacht werden, dass wir demnächst Bulgarien aus unserer Reisepalette streichen müssen.“

Oskar und ich schlugen unsere Fäuste gegeneinander. Mit einem lauten ‚Gimme five!‘ klatschte er meine Handfläche ab: „Yehaaaa! Mir blabn des Joar zsammn!“

Ich wusste es damals nicht, aber ich befand mich im Sommer 1984 an dem Ort, wo ich am glücklichsten war. Sonne, Sand, das Schwarze Meer und so tief in Liebe, dass man weiter nicht kommen kann. Hier endete meine bis dahin ungebändigte Sehnsucht.

Das Romantikgefühl war so groß, dass ich Begriffe, wie *Melancholie* oder *Nostalgie* als Rarität ansah, und Wörter, wie *Leere* oder *Vermissen* fast aus meinem Wörterbuch strich. Dagegen schrieb ich *Liebe*, *Geborgenheit* und *Freundschaft* groß. Ich verlor mich wie ein Farbtupfer in einem Blütengemälde von Monet. Um mich herum war alles bunt und schön. Das Zusammenspiel von Herz und Seele hatten das Gold am Ende des Regenbogens gefunden: das Glück in der Ferne. Mein Gemüt war völlig erleichtert, weil es sich nicht mehr mit dem Wunsch, alles hinter mir zu lassen und die ganze Welt zu erobern, auseinander setzen musste. Pause für den Drang nach Wandel. Meine Himmelsrichtung blieb freiwillig (!) stehen. Kein Hunger mehr nach Transit und Durchzug. Ich war insgesamt pappsatt.

Verändern sich Sehnsüchte im Laufe des Lebens? Würde es mir gelingen eine gesunde Portion Fernweh zu bewahren? Während ich mich in der letzten Saison auf der Insel oft mit dem Kopf schon auf den nächsten Ort freute, genehmigte und schenkte mir dieser Sommer das Hier und Jetzt.

Der Mond übergoss das Meer mit einem glitzernden Schimmer.

„Was hältst du davon, wenn wir das Schwarze Meer kaufen?" fragte die Investorin in mir.

Pepe machte große Augen:
„Willst du es dann mitnehmen?"

„Ich hätte es nur gerne näher an Chile."

„Hey, du hast einen ganzen Pazifik!"

„Ja, aber der ist so kalt…"

Pepe wollte mehr wissen. Ich erzählte vom klarsten Himmel und von der trockensten Wüste der Welt, von Pumas und Pudus, von Cherimoyas und Papayas. So blieben wir oft bis Mitternacht am Ufer sitzend und beschrieben uns gegenseitig unsere konträren Erlebnisse. Pepe meinte, es müsste gewaltig sein durch die Wüste zu fahren, in einer Sternwarte zu verweilen und den Blick in die Unendlichkeit zu richten.

„Wir werden es erleben", sagte ich zu ihm und wuschelte durch seine schwarzen Locken.

Ich hielt Chile immer noch für den Nabel der Welt, das Schönste Land der Erde.
Ich wollte mich nur mal kurz austoben, aber irgendwann würde ich – natürlich! – zurückgehen.

Das Geheimhalten unserer Liebe machte das Beisammensein nur noch aufregender. Das Gefühl von Seelen-Freiheit konnte uns kein Stacheldraht nehmen und in die Leichtigkeit unserer Liebe konnte keine Staatsgewalt eindringen. Und ich dachte wieder an Erich Frieds Gedicht:

Es ist nichts als Schmerz

sagt die Angst

Es ist aussichtslos

sagt die Einsicht

Es ist was es ist

sagt die Liebe

Mit diesem zarten Gedicht (siehe Seite 27) fing Erich Fried 1983 jede Herzensangst oder pragmatische Vernunft auf und ermutigt die Liebe trotz Schwierigkeiten zuzulassen.

Morgens schmuggelte ich mich zurück in den Goldenen Anker. Dass ich bei Pepe übernachtete, war zweifellos aktenkundig vermerkt, dennoch tat ich immer so, als käme ich vom Strand. Eines Morgens lief mir Frau Hofmann völlig aufgelöst in der Lobby entgegen. Ihr graues Haar war zottelig, sie schien gerade vom Zimmer zu kommen.

Das Ehepaar hatte wegen ‚seiner‘ (sagte sie) / ‚ihrer‘ (sagte er) Schnarcherei zwei Einzelzimmer gebucht. Morgens klopfte sie an, um ihn zu wecken. Er war ein Langschläfer, dennoch wollte sie nicht ohne ihn zum Frühstück runter. Heute hatte er die Tür nicht aufgemacht, und sie war bereits mit Laura und dem Generalschlüssel im Zimmer gewesen.

„Tristan ist verschwunden!“ Frau Hofmann zitterte am ganzen Körper und weinte verängstigt.

„Wann haben Sie ihn das letzte Mal gesehen?“

„Gestern Abend nach dem Volkstanz auf der Promenade. Wir sind zusammen hoch."

Seine Bettdecke war aufgeschlagen, was für uns als
Zeichen galt, dass er darin geschlafen hatte. Urs war in-
zwischen informiert. Wir bildeten schnellstens einen
Suchtrupp und baten alle möglichen Gäste mit uns zu
suchen. In jedem Speisesaal (Ost und West), auf der
Außenterrasse, in sämtlichen Fluren, sogar in der Küche
wurde ‚Herr Hofmann? Herr Hofmann!' gerufen.
Nichts. Schließlich setzte ich mich mit der verzweifelten
Rentnerin an einen Tisch, bestellte чай (Tee) und wir
gingen alles nochmal durch:
Die letzten Worte, die Rituale, mögliche Demenz.

„Nein", sagte sie, „Tristan ist weder verwirrt noch ver-
gesslich. Er ist zuverlässig, nur morgens etwas schläfrig."

Ich sagte für diesen Tag meine Sprechstunden in den anderen Hotels ab. Die Situation wurde von Stunde zu
Stunde skurriler.

Gegen 10:00 Uhr traf die 'Polízija' ein. Laura hatte sie
schließlich gerufen. Sie brachten direkt eine Nachricht
mit: Es wurde ein ertrunkener Mann am nördlichen
Strand aufgefunden. Kollegen seien vor Ort und wir sollten auf weitere Information warten. Es wäre abstrus gewesen Frau Hofmann mit meiner Vermutung zu er-
schrecken. Aber ich rief Urs an, der wieder im Büro war:

„Hoi. Möglicherweise habe ich einen HUGO!"

Als die Wachmänner vom Strand eintrafen, hatten sie
einen Personalausweis in der Hand. Tristan Hofmann,

1905 in Waldau geboren. Oh je! Entsetzlich. Urs kam wieder runter:

„Allmächtiger!“ Was hatte er bloß manchmal für veraltete Ausdrucke? Wir beschlossen Frau Hofmann noch ein Weilchen mit der Spekulation zu verschonen. Es konnte ja auch ein Fremder mit Tristans Personalausweis sein. Unwahrscheinlich, aber möglich. Die Wachmänner allerdings baten uns unmittelbar um Identifizierung. Ich rief Pepe an, wir brauchten sicherlich einen Übersetzer.

Pepe eilte diesmal nicht mit ‚Pitty‘ her, sondern direkt mit Tortuga (so nannte ich seinen Peugeot 404, weil auf der Rückablage eine Stoff-Schildkröte saß). Ihm war direkt klar, dass wir den 4-Türer brauchten, um nach Varna zu fahren, wohin die ‘Polízija’ die Leiche unmittelbar nach Fund transportiert hatte. Solange Frau Hofmann nicht stabil auf dem Rücksitz im Wagen saß, erzählten wir ihr, dass wir in ein Krankenhaus fahren würden. Ich drehte mich nach hinten, nahm ihre Hand, brachte aber kein Wort raus. Schließlich steuerte Pepe los und klärte sie auf:

„Wir gehen gleich in ein Gebäude, in dem Tote, deren Identität nicht bekannt ist, vorübergehend aufgebahrt werden.“

„Tristan ist tot?“

„Wir vermuten es, daher bat uns die Polizei um Identifizierung.“

Dann gab ich ihr das Portemonnaie, das ich zuvor erhalten hatte. „Ja, das ist seine Geldbörse", sagte sie, „aber sein Ausweis fehlt!"

„Den hat die Polizei vorerst einbehalten."

Frau Hofmann nahm die Nachricht gefasster auf, als wir dachten. Wir befürchteten an und für sich einen Kollaps. Sie saß nur kopfschüttelnd da, weinte, murmelte was von ‚Urlaub' und war so unendlich traurig. Ihre Hand krampfte sich in meiner fest. Als wir im zentralen Leichenschauhaus ankamen, durften wir zwar mit ins kühle Gebäude, aber die Erkennung der Identität musste sie allein bewältigen.

Dieser dramatische Vorfall blieb – genauso wie der Einbruch meines Zimmers – eigentlich ungeklärt. Eine Obduktion zur Feststellung der Todesursache und zur Rekonstruktion des Sterbevorganges wurde nicht durchgeführt. Die mündliche Aussage eines Pathologen lautete:
„Gegen die Kraft der Strömung ist man chancenlos. Wir gehen davon aus, dass Herr Hofmann in Panik verzweifelt gegen den übermächtigen Sog kämpfte und dabei ertrunken ist."

Pepe und ich fragten uns gleichzeitig: „Welcher Sog?"

Kein Unwetter, keine Strömung. Keine Flutwelle, keine Überschwemmung. Er wurde nicht abgetrieben, er lag am Ufer, und zwar an einem Strand, an dem sich keine Wellen brechen. Das Schwarze Meer hatte, und das war klar, keinen Brandungsrückstrom. Ein Rechtsmediziner hatte sich zu uns gestellt und Pepe übersetzte seine Version:

„Oft ist die Wasseroberfläche in der Nähe von Strömungen sogar trügerisch glatt. Durch wechselnde Wellen- und Windverhältnisse kann man geradezu in den Tod gerissen werden."

Ein Verbrechen wurde ausgeschlossen. Natürlich. Die Statistik!

Frau Hofmann wollte ihren Mann nicht in Bulgarien bestatten: „Auf keinen Fall. Ich bin mit ihm gekommen, und ich bringe ihn wieder nach Hause."

Nach damaligem Recht der Volksrepublik Bulgarien waren Einäscherungen gesetzlich verboten. Ein Wisch, welches als Protokoll gelten sollte, besagte: Der Ertrunkene war mit einem weißen leichten Pullover und einer dunkelblauen kurzen Leinenhose bekleidet. Er war barfuß. In seiner rechten Hosentasche befand sich ein Krokodilleder-Portemonnaie mit einem Ausweis, ohne Bargeld. Anhand des Personalausweises und der zweifelsfreien Erkennung seiner Ehefrau konnte die Person identifiziert werden.

Für den Transport von unserem verstorbenen Reisegast per Luftfracht über die ‚Graniza' hinweg, waren besondere Bedingungen an den Sarg gestellt. Die Leiche musste in einem zugelöteten Zinksarg (hermetisch abgeschlossen) liegen, aber ein Ventil für den Druckausgleich besitzen. Pepe besorgte den Leichenpass, bzw. die Transportpapiere. Ich brauchte allerdings 2 Tage um

einen Sarg aus Zink ausfindig zu machen. In einem Land,
wo es zurzeit nicht einmal Kloschüssel gab.

Abends gingen Pepe und ich niedergeschlagen an den
Nordstrand. Wer hatte ihn eigentlich entdeckt? Wie
friedlich sich die Brandung anhörte, völlig außer Reich-
weite von Wellen und Strömung.

Urs berichtete uns am nächsten Tag, es sei noch ein
‚Tüpflischeisser‘ (Pedant) im Büro gewesen. Angeblich
ein Forensiker, der sich stundenlang auf Spurensuche
begeben hätte. Er wollte (oder sollte) uns aufklären, aber
auch Frau Hofmann und unseren Gästen versichern,
dass es sich defacto weder um eine Straftat noch um ein
anderes Verbrechen gehandelt hätte. Warum Herr Hofmann spätabends (?) oder vielleicht doch frühmorgens
(wegen der aufgeschlagenen Bettdecke) allein an den
Strand gegangen war, ohne seine Frau zu informieren,
bleibt für immer ein Rätsel. Das Rentnerehepaar (81 und
80) kam seit 16 Jahren gewohnheitsmäßig an die ‚Rote‘
Riviera. Frau Hofmanns Großmutter ‚Oma Marta‘ war
gebürtige Bulgarin und eine der Ersten, die mit dem ab
1888 verkehrenden Orientexpress von Wien über Belgrad und Sofia bis Istanbul gefahren sei, erzählte mir
Frau Hofmann auf dem Weg zum Flughafen. Dies war
mein bedrückendster Abschied eines Gastes. Ich hatte
dieses Paar von Anfang an ins Herz geschlossen. Herr
Hofmann hatte bei der Zimmerverteilung am Tag der
Ankunft eingeräumt:

„Auch Ehen, die bereits über 50 Jahre halten, entfalten
sich weiter. So hat sich auch ihr Schnarchen elegant
weiter entfaltet!“ und zeigte spottend auf seine Frau.

Die Entdecker der unentdeckten Dinge ließen uns die restliche Saison in Ruhe. Schließlich, zum Ende der Reisezeit, machten Pepe und ich kaum noch ein Geheimnis aus unserer Bindung. Wir tauschten sämtliche Verpflegungscoupons, die sich angesammelt hatten bei Christo gegen Bargeld ein, und kauften uns goldene Ringe. Gold passte nicht nur wegen seines ‚Sonnenglanzes‘, es stand auch für unsere Energie und Stärke. Wir hatten den ganzen Sommer in Goldstaub gebadet. Nun waren wir (zumindest ein Finger) mit Gold besetzt.

Der letzte Tag nahte. Wir schliefen kaum noch, wollten jede verbleibende Minute zusammen ausschöpfen. Wir, die Crew, musste das Land verlassen. Das Arbeits- und Aufenthaltsvisum beschränkte sich auf die Saison, die Mitte Oktober endete. Bis Samstag, den 27. Oktober mussten wir packen (nicht zu vergessen: die mechanische Schreibmaschine war, wie ein Körperteil, Zubehör meiner Person), Info-Tafeln abbauen, Mappen einsammeln, Büro ausräumen und die finale Abrechnung erstellen. Gesammelt gingen wir zur Agentur, und staunten ein letztes Mal über die ‚Vollbeschäftigung‘. Herr Nikolov, der für uns zuständig war, saß hinter einem gut gefüllten Schreibtisch, während Frau Petrova – und dies haben wir 9 Monate lang beobachtet – im gleichen Raum eine aufgeräumte freie Fläche auf ihrem Sperrholztisch anstarrte. Sie machte für uns Tee und setzte sich danach wieder stumm auf ihren Stuhl.

Die Maßnahmen, mit denen im Osten das Ziel ‚Keine Arbeitslosigkeit‘ erreicht wurde, hatten geringere Produktivität und niedrigeren Lebensstandard im Vergleich zur westlichen Marktwirtschaft zur Folge. Es wurden zu viele Angestellte für zu wenig Arbeit beschäftigt. Frau

Petrova gehörte zu den ‚Vielen‘, wobei sie für Nix-Tun das gleiche Gehalt bekam, wie Herr Nikolov, der die Abrechnungen allein stemmte.

Den letzten Abig (Abend) lud uns Urs alle in ‚unsere‘ Strandbar ein, inkl. Pepe, Laura und weitere Freunde. Er bestellte wie immer zum Schopska-Salat direkt seine Portion Vierkantröööschti (Pommes frites) dazu.
Der Kellner hatte inzwischen gelernt, was ein Zapfezier (Korkenzieher) war und stellte mehrere Flaschen dunkles bulgarisches пиво (Bier) auf den Tisch. Mit einem Abgwöhnerli (letztem Getränk) bedankte sich Urs auch bei unseren Gästen am Tisch, die uns oft genug über Monate als Übersetzer oder mit sonstiger Hilfe beiseite standen. Den letzten Rakija trank er als Bettmümpfeli (Betthupferl) und bat uns am nächsten Morgen ‚bitte pünktlich um 8:00 Uhr‘ zu starten, und:

„Ob wir auf ca. 75 km mit der Crew aus Rumänien – wie verabredet – zusammen treffen, hängt davon ab, ob sie heute noch ihre 4 Fahrzeuge tanken konnten.“ Benzin war keine Selbstverständlichkeit.

Pepes Deutschkenntnisse reichten sogar für eine Handvoll Poesie. In seinem Abschiedsbrief stand:

„Sehnsucht ist ein starkes Gefühl! Neben unserer bisherigen Geschichte, in der wir uns bedingungslos liebten, gibt es noch eine Welt. Die Welt der Möglichkeiten! Und Sehnsucht wird die Brücke sein, die unsere bisherige Geschichte und die Welt der Möglichkeiten verbindet.“

Wir waren uns sicher und glaubten an ein baldiges Wiedersehen. Uns würden keine Verflechtungen zwischen Polizei und Staatsanwaltschaft, Politik und/oder irgendein Geheimdienstapparat trennen können.

Ich schrieb Pepe auch einen Abschiedsbrief mit dem Schlusssatz:

„Du bist der allerbeste Zufall in meinem Leben!"

Meine Zuversicht war groß, meine Worte an Pepe ließen keine Zweifel oder Zerrissenheit zu.

„Erst hier und bei Dir habe ich erkannt: Es muss nicht immer schöner, weiter, exotischer sein, um uns zu überraschen. Es sind gerade die kleinen Dinge, die das Leben so wunderschön machen. Wenn einem morgens die Sonne ins Gesicht scheint! Oder wenn wir das Gefühl haben, im richtigen Moment am richtigen Ort zu sein. Und genau da – durch Zufall oder Schicksal – den richtigen Menschen treffen. Dann spüren wir, wie uns das Glück belebt."

Alles schmeckte nach Tränen…
Das Papier, der Stift, der Umschlag.

Auf der Rückfahrt ließen wir alles Revue passieren. Jeder aus der Crew hatte irgendeine Liebelei erlebt, wobei die eine oder andere Story unbedeutend blieb. Pepe und ich aber wollten an unserer Liebe und (vor allem meine) Vision festhalten! Es war für uns jedenfalls keine Option alles hinzuschmeißen. Die Mission lautete nicht *überwinden*, sondern *ertragen*! Und die Frage war nicht *ob*, sondern *wann* wir uns wieder sehen. Wir hatten im Moment keine andere Wahl, wir mussten jetzt diese Trennung hinnehmen. Also stark sein, mit zusammen-

gebissenen Zähnen und – trotz kommender Herausforderungen – nicht resignieren.

„Lass dich nicht entmutigen“, sagte Manolis, „nur weil
ein paar Umstände nicht ideal sind.“

Jedes ausgetauschte Wort bestärkte mich noch mehr,
stimmte mich aber auch nachdenklich. Spätestens im
Dezember würde ich wieder Bulgarien für die kommende Saison 1985 als Wunschgebiet angeben. Als zweites
Land vielleicht Ungarn.

„Und dein drittes Zielgebiet?“, fragte Oskar, „kommst
du mit nach Kenia?“

„Au ja!“ Aber erst einmal hatte ich unbezahlten Urlaub
für den Winter eingereicht, da Pepe mit Tortuga vorhatte
nach Deutschland zu kommen.

„Weißt du, Oskar? Alle anderen waren das Meer,
und/aber Pepe ist mein Hafen.“

Wir waren in der Plural-Possessiv-Pronomen-Phase.
Alles dreht sich um ‚Uns‘. Wir wollten unsere beiden
Lebenswege miteinander verknüpfen. Mit blinder Zuver-
sicht. Pepe war nie irgendwer, er war von der ersten
Begegnung an viel mehr. Wir spürten direkt geistige
Nähe, hatten gegenseitiges Vertrauen und verliebten uns
impulsiv.

Samu zitierte den Psychoanalytiker Carl Jung:

Ich bin nicht das, was mir passiert ist.

Ich bin das, was ich entscheide zu werden.

Und Heinrich von Kleist:

Ein freier, denkender Mensch bleibt nicht

da stehen, wo der Zufall ihn hinstößt.

„Was möchtest du mir sagen, Papá?" Es war so tröstend
zu Hause zu sein. „Ich bin entschlossen! Ich habe mich
für Pepe (gegen meinen Traum die Welt zu bereisen)
entschieden. Und ich bleibe auch nicht stehen, ich gehe
bis ans Ende unserer Möglichkeiten."

Maya stieg mit ein und zitierte dann Franz Kafka:

Wege entstehen dadurch, dass man sie geht.

Richtig…

In den kommenden Wochen wachte ich mit Pepe auf
und schlief mit ihm ein: er flatterte über meiner Stirn und
wollte sich nicht abschütteln lassen. Ich war besessen
von unserer Leidenschaft, gefangen in Sehnsucht, inhaf-
tiert in meiner freien Welt.

Die Tage zogen sich. Ich flüchtete in mein Tagebuch und erlebte die Saison nochmal. Ich ging die geschriebenen Wörter mit dem Finger nach, damit mir nichts entgeht. Die Tage, die Stunden am Meer, die Füße im Sand, die Menschen, die Gespräche, das Lachen, die Nächte! Ich hatte alles notiert.

Es gab auch überraschende Besuche am Goldstrand. Meine Cousine Nena hatte sich blicken lassen, die im Sommer bei ihrer Schwester Verona (inzwischen in Frankfurt lebend) aufkreuzte und die Reise mit einem Abstecher nach Bulgarien kombinierte. Mit ihr konnte ich eine ganze Woche albern sein und sowohl unser philosophisches als auch psychologisches Ignorantentum analysieren. Natürlich retteten wir alle Bulgaren aus ihrem totenbleichen Regime. Nena fand den Aufenthalt trotz unserem Spaß insgesamt beklemmend und bedrohlich, und war dann doch froh, als sie wieder auf der anderen Seite des Stacheldrahts war.

Außerdem war mitten im Sommer Pepes kleiner Bruder Malin aus Sofia aufgetaucht. Der 11-jährige war Pepes größter Fan. Pepe war für ihn eine Art Pop-Star. Bewunderung und Respekt dem Älteren gegenüber konnte Malin nicht verbergen. Er nahm alles vom großen Bruder an: jeden Rat und jede Anordnung. Malin war ja noch ein Kind und stark von Pepes Fürsorge und Zuwendung abhängig. Aber er genoss noch den ‚Welpenschutz‘ und setzte Pepe als Verstärkung gegenüber den Eltern ein. Wünsche waren mit Hilfe des großen Bruders so viel einfacher durchzusetzen. Strukturell bildeten beide gegenüber ihren Eltern eine starke Einheit. Diese Geschwisterbeziehung war anders als die Bindung zwischen Lisa und mir. Wir beide waren eher

Freundinnen von klein auf, während Pepe früh in eine Führungs- und Verantwortungsrolle gegenüber Malin gedrängt wurde.

Dieser kleine Mann schaffte es kometenhaft sich mit seinem gewinnenden Wesen die Aufmerksamkeit aller Kollegen zu sichern, und meine uneingeschränkte Zuwendung zu gewinnen. Malin blieb tagsüber stundenlang am Strand unter der Obhut der Wasserski-Sportler und durfte (mit Schwimmweste) mit auf die Boote, die fliegende Urlauber an Fallschirmen hinter sich zogen. Er hatte einen Riesenspaß beim Wickeln der 50 m langen Leinen. Der Start erfolgte vom Strand aus, die Landung im Wasser.

Auf der letzten Seite des Tagebuches hatte ich besondere Wörter aufgeschrieben. Wenn ich bei einem Transfer ein Gesprächs-Leerlauf hatte, erzählte ich etwas Geschichtliches und nutzte meine wild gewürfelten Notizen um die Sitzenden aufzufordern mir nachzusprechen: ‚Sakskoburggotski!‘ Das war Simeon von Sachsen-Coburg und Gotha, der als Simeon II. minderjährig von 1943 bis 1946 der letzte Zar des Bulgarischen Zarentums war. Fürst Simeon von Tarnowo bestieg nach dem Tod seines Vaters als 6-jähriger den bulgarischen Thron.

Auf diversen Seiten hatte ich immer wieder in unterschiedlichem Farben und Schrifttypen ‚Обичам те‘ (Ich liebe dich) skizziert. Wie viele Schmetterlinge passen eigentlich in einen Bauch?

Nun schrieb ich es zig Mal zwischen Zeilen ellenlanger Botschaften. Pepe und ich schrieben uns täglich Briefe, die manchmal eine ganze Woche unterwegs waren. Er hoffte bald, bald, bald eine Ausreisegenehmigung zu erhalten. Die Zahl der Ausreisewilligen war allerdings hoch, so dass eine dezente Geduldsprobe angesagt war. Beherrschtes Ertragen von etwas, was lange dauert, war allerdings keine meiner prominenten Fähigkeiten. Diese Wartesituation konnte ich nicht mit Gelassenheit oder Standhaftigkeit ertragen. Also beschäftigte ich mich mit etwas, dass meine Stimmung heben konnte. In Betracht kam eine Reise nach Ostafrika.

Ich rief Tine an:
„Was hältst du von einer Woche Kenia?"

„Dabei!"

Wir packten unsere Taschen und flogen Stand-by nach Mombasa, an die Küste des Indischen Ozeans. Gerne wären wir zum Naturschutzgebiet Maasai Mara gefahren, aber dafür war die Zeit zu knapp. Also blieben wir im Mombasa County und unternahmen Tagesausflüge in der Region. Die aufregende, bunte Altstadt der Insel Mombasa war durch arabischen Einfluss geprägt, es roch überall nach Zimt, Anis und Curry. Wir fuhren zum Bamburi Beach zum Schnorcheln, und per Jeep zum Shimba Hills National Reservat, um die Rappenantilopen zu beobachten. Ernest Hemingway widmete dieser Landschaft seinen Roman ‚Die grünen Hügel Afrikas'. Es war eine perfekte Auszeit für mein ungeduldiges Nervensystem.

Tine kämpfte dynamisch mit dem ganzen Ungeziefer unseres bescheidenen Bungalows, an welchen wir durch meinen Reiseleiter-Kollegen Daniel gekommen waren.

Sie warnte allen Insekten und vertrieb sie mit ihren Flip-Flops aus unserer ‚Villa‘:

„Hau ab, du blödes Mistvieh!“
„Stirb, du peinlicher Affenfurz!“
„Geh weg, du hässliche Kröte!“

Ich wippte währenddessen draußen auf einer Hollywoodschaukel und bekam einen Lachanfall. Die Hütte stand in dieser Woche aufgrund No-Shows leer. Im Tourismus bezeichnet man das (trotz Buchung) unangekündigte Nichterscheinen eines Reisenden als No-Show. Dass ein Bungalow zur Verfügung stehen würde, erfuhren wir erst vor Ort. Sonst wären wir bei Daniel untergekommen, der diese Wintersaison als Animateur in der Bungalow-Anlage tätig war.

„Sehnsucht ist gnadenlos! Sehnsucht bringt uns durcheinander, tut weh und ist gleichzeitig irgendwie schön. Bittersüß. Das ist es. Es ist ambivalent, ein Zustand psychischer Zerrissenheit“, sagte Daniel abends an der Feuerstelle.

Er klimperte albern auf seiner roten Gitarre ‚Liebeskummer lohnt sich nicht, mein Darling, schade um die Tränen in der …‘ unterbrach sein absurdes Chanson und fügte hinzu:

„Bei einer Fernbeziehung ist sie nun mal ein Dauerbegleiter.“

„Ich wünsche mir aber die reale Nähe, seine Hand in meiner“, trotzte ich und stampfte mit einem Fuß eine

Staubwolke aus der roten Erde. Ich konnte dieses innige Verlangen nach Pepe nicht ausknipsen.

Tine fügte hinzu: „Auch wenn's schwer ist, versuche dich auf das Leben im Hier und Jetzt zu konzentrieren. Verlier' dich nicht in einer utopischen Welt."

„Wie siehst du Euch?", fragte Daniel.

„Ich sehe zwei Löwenköpfe mit wehender Mähne gegen den Sturm stehend", sagte ich.

„Stehend?"

„Im Moment kommen wir nicht gegen die Ausreise-Bestimmungen, bzw. -Beschränkungen an. Ich kann diese Paralyse schlecht aushalten."

Unser Gespräch wurde vom Küchenpersonal unterbrochen. Die Küche machte um 23 Uhr zu, dann wurde getrommelt und getanzt.

„Der Tanz gehört zum alltäglichen Leben. Er ist neben der Unterhaltung auch eine Ausdrucksform zum Geschichtenerzählen", erklärte Daniel.

Sein Freund Simba brachte aus der Küche einen Rest Samosas, knusprig gefüllte Teigtaschen, raus. Dazu gab es für alle ein großes Glas voll Dawa (übersetzt ,Medizin'), eine Mischung aus Wodka, Rohrzucker, Honig, Limetten und zerstoßenem Eis. Die bemalten, beschmückten Körper und die bunten wehenden Stofftücher tanzten heißblütig bis Mitternacht um das Feuer. Faszinierend. Rhythmus, Energie und Lebensfreude pur!

Tines Bruder Dario holte uns am Flughafen Frankfurt wieder ab. Er grinste über beide Ohren:

„Überraschung! Überraschung!"

„What?"

„Wir gehen alle am Freitag auf ein Konzert! Von? Naaa? Herbert Grönemeyer!"

„Yeha!"

Tine und ich ließen die Taschen fallen und führten mit Dario einen hüpfenden Ringeltanz auf. Im Mai 1984 erschien Herberts Album *Bochum* als Vinyl. Und unseren ‚Ruhrpott-Kumpel' mit dem Titel *Bochum* in der Zeche zu erleben, war der Brüller. Mich berührte allerdings noch sehr viel mehr sein Song *Flugzeuge im Bauch*, der ebenfalls 1984 als Single rauskam. Der Refrain passte gerade:

> *Gib mir mein Herz zurück*
> *Du brauchst meine Liebe nicht*
> *Gib mir mein Herz zurück*
> *Bevor es auseinander bricht*

Eine weitere Überraschung wartete zu Hause. Maya und Samu überreichten mir feierlich Briefe von Pepe und erzählten aufgeregt von einem Telefonat am Tag zuvor. Pepe hatte eine Ausreisegenehmigung bekommen! Tortuga war bereits fit für die teilweise beschwerliche Strecke von 2000 km.

Die bekannte und gefürchtete jugoslawische Autoput war als eine der gefährlichsten Reiserouten der Welt verschrien. Dieser Paneuropäische Verkehrskorridor war nur in Teilstücken fertiggestellt. Wenn wir in den 80ern über Jugoslawien sprachen, dachten wir an Tito, Cevapcici und Autoput. Diese Straße war zum Symbol des Vielvölkerstaates und des jugoslawischen Fortschrittsglaubens geworden. Tatsächlich aber war es die ‚Gastarbeiter-Route‘.

Hunderttausende Gastarbeiter fuhren in den Sommerferien schwer bepackt mit der ganzen Familie in ihre Herkunftsländer. Durch diese Vielzahl an vollkommen überladenen Fahrzeugen, durch eine monotone Streckenführung, und übermüdete Fahrer mit riskantem Fahrstil, kam es immer wieder zu Frontal-Zusammenstößen. Auf den Straßenrändern waren weiße Holzkreuze für die vielen Verkehrstoten aufgestellt. Die Autoput erlaubte auch vielen westeuropäischen Urlaubern den Weg per Auto an die jugoslawische Adria oder nach Griechenland.

Samu breitete eine Europakarte auf dem Esstisch aus.

Sofia – Niš – Beograd – Szeged – Budapest – Wien – Linz – Regensburg – Nürnberg – Frankfurt …

Und schon ist er da!

„Er möchte durchfahren“, las ich aus einem der Briefe.

„Apropos Szeged, was haltet ihr von Szegediner Gulasch als Willkommens-Mahl?“

An den Wochenenden kochte oft Samu. Die Samstage und Sonntage schmeckten meistens ungarisch. Wir setzten einen Plan für die kommende Woche auf. Pepe sollte sowohl die chilenische als auch die ungarische Küche kennenlernen.

„Aber claro!" mit ‚Tinto' (Rotwein aus Chile) und ‚Palinka' (Traubenschnaps aus Ungarn).
Bis zum ersehnten Wiedertreffen dauerte es noch Tage!

„Was soll ich bis dahin bloß machen?"

Maya lachte mich aus: „Du kannst ja dem Schnittlauch beim Wachsen zusehen." – Witzig. – „Oder deine verstaubten Kenia-Klamotten waschen? Hoffentlich sind keine Bettwanzen mitgekommen!"

Auf dem Programm stand noch das Konzert an, und abends traf sich meine Bochumer Clique meistens im Szenelokal ‚Oblomow'. Der lange Tisch im 2. OG gehörte praktisch uns. Es kam, wer kam. Ohne Verabredung. Die Pinte war sozusagen unser aller Nebenquartier. Auch nach dem Konzert in der Zeche gingen wir noch auf ein Altbier ins ‚Oblomow' und wir Mädels sangen:

Männer nehm'n in den Arm
Männer geben Geborgenheit
Männer weinen heimlich
Männer brauchen viel Zärtlichkeit
Oh, Männer sind so verletzlich
Männer sind auf dieser Welt einfach unersetzlich…

In der Nacht darauf schlief ich kaum. Die 4-7-8 Atemtechnik funktionierte nicht. Durch die Nase einatmen und dabei bis 4 zählen. Den Atem anhalten und bis 7 zählen. Durch den Mund ausatmen und bis 8 zählen. Himmel! Endlich ging die Sonne auf. Ein klarer Wintermorgen. Ich saß draußen und schaute zum türkisblauen See. Samu und Maya waren im Sommer 1979 von Bochum raus in die Natur gezogen. Der weite Ausblick erinnerte mich daran, dass die Freiheit mein größtes Gut war. Ich schaute gefühlte 999x auf meine Armbanduhr. Eine Runde durch den Wald würde mich erden. Unzählige Wanderwege rundherum gaben diesem Wohnsitz einen erholsamen Touch. Und während ich den letzten Schluck Kaffee wegseufzte, fuhr ein Auto vor.

„Tortuga ist da!" ich schrie die Nachbarschaft wach.

Der cremeweiße Peugeot parkte, Pepe stieg aus und streckte sich. Ich rannte raus und überfiel ihn. Er nahm meine Hand, führte sie an sein Herz und fragte:

„Spürst du das?"

Der Pulsschlag in seiner Brust pochte. Mein Herz implodierte ebenfalls. Gefühlt kam der Pumpmechanismus erst am Abend in eine rhythmische Balance. Das Herzstolpern ließ etwas nach, als Samu uns ein Palinka in die Hand drückte:

„Добре дошли!" (Herzlich willkommen!)

Mein Papá hatte sich im Sommer einige bulgarische Wörter eingeprägt.

Eltern haben zwar andere Maßstäbe, aber die Sympathie zu Pepe beeinflusste ebenfalls die Emotionen von Maya und Samu. Nichts torpedierte ein harmonisches Miteinander. Dass Pepe bei mir einen ungewohnt hohen Stellenwert einnahm, war kein Thema. Elterliche Herzen schlagen zum vermeintlichen Wohl ihrer Kinder und lassen sich daher nicht so schnell erobern. Pepe allerdings wickelte die Beiden sofort um den Finger. Die Bereitschaft meiner Eltern, eine neue Rolle zu akzeptieren und Fremdheit als Bereicherung zu entdecken, setzte ich voraus. Freunde waren zu Hause immer willkommen gewesen. Und Pepe machte es uns allen einfach. Abgesehen von charakterlicher Übereinstimmung, ließen wir Vier uns gegenseitig den nötigen Freiraum, gebotene Akzeptanz und vollen Respekt.

Das Visum war auf 14 Tage ausgestellt. Eine Woche davon – und das war ganz klar – wollten wir ans Meer. Holland war zwar am nächsten, aber Pepes Einreisegenehmigung beschränkte sich auf Deutschland (inkl. Transitvisum für Jugoslawien und Österreich). Also beschlossen wir unser kurzes Wintermärchen an der Nordsee zu verbringen, da, wo der Wind besonders tobte. Pepe freute sich und reimte:

„Heißer Tee und kalter Schnee.“

Mir war das Ziel relativ egal, Hauptsache wir waren zusammen. Aber natürlich freute ich mich auch auf die nördliche Natur & Weite, auf maritime Städte der Nordsee und auf charmante Lädchen der Küstenorte. Wir fuhren drauf los und schliefen jede Nacht unter einem anderen mit weißer Glasur bedecktem Dach. In Phase 1 der großen Verliebtheit ist die Euphorie nicht zu bremsen, die rosarote Brille verfälscht unseren Blick. Die Hormone hielten uns also davon ab die zwei Regentage als Schietwetter aufzufassen. Denn wo schmeckt der Tee schon besser als an der Nordsee mit Blick auf das Meer? Und was ist schon entspannter als Regengeräusche zum Einschlafen?

Wir flogen unter anderem mit einer einmotorigen Cessna nach Norderney. Der 4-Sitzer ‚Skylane‘ bot uns eine optimale Sicht auf weitere ostfriesische Inseln bis hin zum Wattenmeer. Die 6 km vom Flughafen zur Stadt gingen wir zu Fuß. Glitzernde Eisflächen auf dem Meer und die von weißem Schnee bedeckte Dünenlandschaft lud zum Träumen ein. Ich sprach meinen Sehnsuchtswunsch an:

„Pepe, könntest du dir vorstellen zu bleiben?“

Stille. Ich schaute ihn an, er drückte meine Hand und blickte aufs Wasser:

„Ein Leben nach der Flucht kann ich mir nicht vorstellen. Nein.“

Herzstich. Mein Bauchraum signalisierte Stress. Mein Brustkorb verspannte. Ich verstand unmittelbar die Ernsthaftigkeit seiner Antwort, daher verkniff ich mir weitere Fragen. Er schob damit einen Riegel vor unsere Beziehung. Die nächsten 500 Meter schwiegen wir. Bei jedem Schritt knirschte der teilweise vereiste Kiesweg.

Ab Fährbrücke 3 im Hafen nahmen wir ein Boot und fuhren raus zu den Sandbänken, wo sich Seehunde dichtgedrängt in der Sonne räkelten. Die tuckernde Fahrt entlang einsamer Strände, die Sicht auf die Hafenkulisse, und die Robben strahlten die Ruhe aus, die ich brauchte, um mich wieder zu fangen.

Abends sagte Pepe: „Wir können zwar nicht bestimmen, wo wir *leben*, aber wir können bestimmen uns zu *lieben*."

Der Kuss ist der beste Trick um ein Gespräch zu beenden. Weitere Worte wurden überflüssig.

Auf dem Rückweg vom Norden legten wir eine Nacht im Irgendwo ein und schliefen zur Krönung unserer Tour in einer 500 Jahre alten Burg. Maya und Samu erwarteten uns zu Hause mit Paprika-Hähnchen und – wie von Pepe gewünscht – zum Nachtisch Esterházy-Torte. Die letzten Tage verflogen, seine Abreise nahte. Anscheinend gehörten Abschiede zu meinem Leben.

„Abschied nehmen heißt nicht vergessen", sagte Pepe, umarmte mich ein letztes Mal auf dem Gehsteig, stieg ein, kurbelte das Fenster runter, streckte nochmal seine Hand raus, und als er winkend losfuhr, brach ich in Tausend und eine Träne aus. Mein glucksendes ‚Bis bald' konnte er nicht mehr hören.

Eigentlich löst Sehnsucht in uns positive Gefühle aus, aber in diesem Fall handelte es sich um eine unerreichbare Illusion. Daher fühlte es sich partout nicht gut an. Ich ging wieder rein und lief von einem Zimmer ins Nächste. Es roch noch nach Pepe. Er war einfach überall: lesend auf dem Sessel, suchend am Kühlschrank, singend in der Dusche. Ich sah sein zwinkerndes ‚Lächeln aus der Seele'. Ich hörte sein lautes ‚Lachen aus dem Herzen'. Mich überkam ein verzehrendes Verlangen. Mein Gemüt schwankte zwischen Hoffnung, Verlustschmerz und Trauer. Ich verfiel in eine totale Melancholie.

Maya sagte am Abend zu mir: „Sei nicht traurig, dass er gefahren ist. Sei glücklich, dass er *da* war!"

Aber ich fühlte mich wie gerade frisch verlassen. Wir sprachen noch die halbe Nacht, danach schrieb ich alle Gedanken auf und brachte das Wörter-Sammelsurium am nächsten Morgen zur Post.

Sehnsucht und Hoffnung liegen nah beieinander…

Ich konzentrierte mich also auf das positive Gefühl zu glauben, dass ich Pepe bald wieder umarmen würde, und gab dem negativen Gefühl, dass der Zeitpunkt ungewiss sei, einen fußfesten Tritt. Ich steigerte mich in eine absehbare Zukunft rein, in der die Sehnsucht gestillt werden würde.

Dann kam der alljährliche Anruf aus der Schweiz mit der Angabe des neuen Zielgebietes. Mein Wunschzettel lautete: Bulgarien – Lanzarote – Kenia.
Resi aus dem Zielgebietsservice war an der Leitung:

„Freust du dich schon auf das Unterwegssein? Du gehst wieder nach Tenerife, Chica!"

Ich zögerte nur kurz und fragte geknickt: „Resi, was ist mit Bulgarien?"

„Wir haben Bedenken, Ilona. Wir können keine weiteren Fauxpas riskieren. Und Carlo möchte dich auf der Insel zurück haben!"

Weg von Pepe. Hin zu Lisa.

«¡Buenos días, mujer!»

Da waren sie wieder, die Jungs aus der Agentur in Puerto. Jorge schlug geräuschvoll seine Absätze gegeneinander und begrüßte mich mit einem lauten «¡Olé!», Fernando klatsche wie beim Flamenco mit den Händen in der Luft und Eduardo fiel theatralisch auf die Knie und betete mich an: «¡Mi Chilena!» Es war wie nach Hause kommen, nichts hatte sich während meiner Abwesenheit geändert. Carlo, der Chefreiseleiter, saß immer noch am gleichen Schreibtisch. Hinter ihm immer noch die abstrakte Kunst, die keiner verstand. Niemand wusste, woher dieses obskure Bild kam, aber Carlo bestand auf gegenstandslosen Surrealismus.

„Dieses Jahr betreust du unsere besten Häuser. Die Gäste in den 5-Sterne-Anlagen sind allerdings eher anstrengender als die Mischpoche, der du vor 2 Jahren in der Altstadt ergeben warst", grinste Carlo.

Im Laufe des Nachmittags trafen weitere neue Kollegen ein und Carlo bat uns alle, zwecks Teamsitzung, am Abend um 20 Uhr in der Taberna am Hafen zu sein. Bis dahin hatten wir Zeit auszupacken und das Hotel, das unser neues Zuhause für die kommende Saison sein würde, zu inspizieren.

„Ilona, du wohnst dieses Jahr im ‚Esperanza‘." Passt, dachte ich, Hoffnung passt perfekt.

Die Bungalow-Anlage ‚Esperanza‘ lag etwas oberhalb der Stadt. María an der Rezeption reichte mir zwei Schlüssel in die Hand: „Du darfst aussuchen"

«Eh, ¡gracias!»

Nun hatte ich die Wahl zwischen einem Apartment mit Terrasse und Blick zur wilden Nordküste und ihren Palmengärten oder einem Studio im Obergeschoss mit Balkon und Blick zum Meer. Beide waren ungefähr gleich groß und beinhalteten je eine niedliche Einbauküche. Eines war klar: weder ein Palmenparadies noch ein Nordatlantischer Ozean würde meine Sehnsucht nach Pepe stillen. Ich entschied mich gegen das Meer für das Apartment im Erdgeschoss, da ich aufgrund der Terrasse einen Zugang durch den Garten hatte. Zum Studio kam man nur über das Treppenhaus, das rechts von der Rezeption hoch ging. Und in der Lobby tummelten sich immer Gäste. Als Reiseleiter verloren wir schnell die Privatsphäre, so dass ich durch den Garten-Zugang dem „Hallo! Ich hätte da noch eine Frage!" etwas entfliehen konnte.

Das helle Apartment war meine kleine Zuflucht. Hier konnte ich abends dem Chor der Frösche lauschen, mich abschirmen und ICH sein. Diesmal hatte ich kein ‚Let‘s go West‘ - Poster für die Wand. Ich positionierte die drei kleinen Ikonen aus dem Rila-Kloster über dem Schreibtisch, hing die Reiseleiter-Uniform in den Schrank und machte mir einen Kaffee. Schon schlüpfte eine ‚Cucaracha‘ aus dem Ausfluss in das Spülbecken. Nirgends gab es so große Kakerlaken wie in Tenerife. Nur kurz zögerte mein Gewissen, dann beendete ich ihr Leben mit einem Flip-Flop. Während ich die verstorbenen Überreste in den Garten warf, säuselte ich:

„Pardon, es war ein Unfall!"
Somit verendete sie ohne Futurum.

„Genieß das Heute, dann hast du Morgen ein wundervolles Gestern", schrieb mir meine Freundin Anne in ein Buch, das sie mir mitgegeben hatte. Der Inhalt handelte davon, dass man seinen Träumen auf der Spur bleiben sollte. Oh ja, aber bitte ohne Kakerlaken.

Die neuen Kollegen waren alle zum ersten Mal auf der Insel, daher wurde ich – als sie erfuhren, dass ich mich auskannte – automatisch zur Ansprechpartnerin Nr. 1 der Crew. Carlo feierte seine Entlastung durch mich und besorgte mir sogar ein Fahrzeug.

„Panda oder Geländehopser?"

Ein Offroader? Ich tanzte ihn an:
„Jeep! Mit aufklappbarem Dach, bitte, danke!"

Wir waren im Norden zu zehnt, im Süden saßen weitere Neuankömmlinge. Vom Zielgebietsservice in der Zentrale bekamen wir die Hotel- und Transferlisten mit den Infos betreffend Belegung, An- und Abreisedaten, per Company-Mail (Firmenpost). Diese wurde in silbernen Metallkoffern verpackt und wöchentlich mit den Charterflügen in die jeweiligen Zielgebiete geschickt. Auf diese Art stellte ich auch meine Post für Pepe zu: meine Briefe gingen mit der Co-Mail Tenerife – Frankfurt raus,

über die Zentrale, und mit der Co-Mail Frankfurt –
Goldstrand rein. Unsere Botschaften gingen somit, im
Gegensatz zur bulgarischen Post, nie verloren, denn
Pepe schrieb mir sehr bald im Gegenzug auch via Co-
Mail.

Im ‚Esperanza‘ lernte ich Geri kennen, die zeitgleich mit
mir ihre Sprechstunden mittwochs in der Empfangshalle
abhielt. Sie kam aus der Pfalz und arbeitete für einen
Mitbewerber. Wir hatten bald eine innige Freundschaft.
Es wurde eine ganz besondere Verbindung, Geri wurde
meine ‚Soulsister‘. Wir wussten, dass unsere Lebenswege
in unterschiedliche Richtungen führen würden, aber im
Moment hatten wir eine gemeinsame Gegenwart und wir
konnten uns – ohne aufeinander angewiesen zu sein –
unsere hoch gestellten Geheimnisse anvertrauen. Geri
wurde Vertraute, Beraterin, Kummerkasten und Kom-
plizin. Die Erfahrungen, an denen wir bisher gewachsen
waren, ähnelten einander. Bei ihr konnte ich ungeniert
die Maske ablegen. Wir kommunizierten praktisch alles
mit anständig viel Reflektion und auch mit einer
gewissen Selbstverständlichkeit, sich der anderen zuzu-
muten.

Die Zufallswege des Lebens schubsten mich mehrfach
zu Hector. Da nicht nur mein Offroader aus seiner
Fahrzeug-Kollektion stammte, sondern auch sämtliche
Autovermietungen über ihn liefen, kam ich nicht drum
herum mit ihm ab und an zusammenzustoßen. Aber ich
begegnete ihm nicht nur per Telefon oder bei einer
Fahrzeug-Übergabe in irgendeiner Lobby, sondern auch
unterwegs im Supermarkt oder am Hafen, auf der
Treppe zur Altstadt und sogar an den Naturpools
‚Martiánez‘. Er schien überall zu lauern. Wieso hielt er

sich an der Badelandschaft auf? Die hat er früher aufgrund zu vieler Touristen gemieden. Ich aber musste dort im unterirdischen Casino rote Welcome-Drinks mit Schirmchen für unsere wöchentlich frisch angekommenen Gäste verteilen, um ihnen einen entspannten Start in den Urlaub zu wünschen. Der Begrüßungstreff war allerdings nicht nur informativ, er beabsichtigte im Wesentlichen den Verkauf unserer Ausflüge, wie z. B.:

- Jeep-Safari:
  Nationalpark El Teide & Drachenbaum
- Kajak-Abenteuer:
  Schnorcheln mit Schildkröten
- Offroad-Tour:
  typische Bergdörfer inkl. Masca
- Segeltörn:
  Wal- und Delphin-Pirsch
- Inselrundfahrt:
  Naturlandschaft & historische Städte
- Schiffstour:
  per Fähre zur Hippie-Insel Gomera
- Wandern:
  im Biosphärenreservat des Anaga-Gebirges
- Bustour Süd:
  Küste & Vulkanlandschaft

Der Begrüßungscocktail (bzw. das Briefing) dauerte immer ca. eine Stunde, wobei den Geladenen reichlich Sangria nachgeschenkt wurde. Auch der Casinobetreiber hatte Interesse unsere Gäste aufzulockern, um anschließend seine allabendliche Flamenco-Show anzupreisen. Ich war durch und durch vernarrt in die Flamenco-

Tänzer und habe die Show (gefühlt wöchentlich) wiederholt besucht. Wir Reiseleiter mussten nirgends Eintritt zahlen, da wir ein wirksames Werbemedium und somit überall willkommen waren. Das unterirdische Casino wurde 2015 geschlossen. Ich war also Zeitzeuge seiner besten Epoche.

In den 60er Jahren wurde der aus Lanzarote stammende Architekt, Maler und Umweltschützer César Manrique beauftragt in Puerto de la Cruz eine Badelandschaft am nördlichen Zipfel der Stadt zu entwerfen. Hier tobte die Brandung. Meistens war dieses Kap überflutet, so dass die Stadt am Meer keinen Strand bieten konnte. Ab Mitte der 70er konnten die Badegäste endlich auch in Puerto in Salzwasser schwimmen, welches direkt aus dem Atlantik in die verschiedenen Becken gepumpt wurde. Mitten in dem sogenannten ‚Lago‘ befand sich eine Insel, die über mehrere Brücken erreichbar war.

Manrique gestaltete bei seinen Bauarbeiten einen guten halben Kilometer Küstenlinie an der Avenida Colón um. Bekannt wurde der Inselkünstler als Kurator seiner Heimatinsel, dessen Bild er nachhaltig geprägt hatte. Selbst beschrieb er sich 1970 als ‚Zeitgenosse der Zukunft‘. Seine künstlerische Laufbahn hinterließ unauslöschliche Spuren.

Die Saison 1985 verlief – abgesehen von der nicht zähmbaren Sehnsucht nach Pepe – sensationell. Lisa war weiterhin im Süden und fühlte sich in der touristisch expandierenden Wüste immer heimischer. Oft fuhren wir an unseren freien Tagen rüber nach La Gomera. Allein der Wind während der Überfahrt auf der Fähre hatte etwas Befreiendes, wir ließen durch das Abdocken den Alltag hinter uns. Die kleine Insel zeigte sich im Norden dank Passatwolken üppig Grün, während der trockene Süden von Sukkulenten geprägt war. Wir fuhren am liebsten immer zum Markttag am Zollhaus nach San Sebastián. In der kleinen Inselmetropole konnten wir shoppen, auf den weißen ‚Plazas‘ des Städtchens im Schatten indischer Lorbeerbäume Kaffee trinken, und entweder auf der Promenade bei der Turmuhr oder direkt an der Mole den schaukelnden bunten Booten im Yachthafen zusehen und dabei unser übliches ‚Kaninchen in Kräuter-Weißweinsoße‘ genießen.

Lisa und Geri konnten mit der wiederholten Tiefdruckzone meines Herzens gelungen umgehen. Sie waren ständig bemüht mein Bewusstsein zu erweitern. Wir sprachen viel über unsere Wünsche und Bedürfnisse, die nicht in Erfüllung gingen, und versuchten Erklärungen zu finden, woran das liegen könnte. Aber wir fanden auch Mittel wie wir es ändern, bzw. positiv beeinflussen konnten. Es ging darum, die volle Verantwortung für die Lebenssituationen, die wir erlebten, zu übernehmen. Wir waren gegenseitige Förderer unserer positiven Lebenseinstellung und nahmen keine Rücksicht auf entrüstete Illusionen. Wir surften auf der Welle des Schicksals und wussten: Leben heißt auch wirklich leben und nicht ausweichen oder vegetieren. Durch das konstante klare und eindringlich schonungslose Wachrütteln meiner Schwester und meiner Soulsister präsentierten sich mir andere Perspektiven. Und damit rutschte mein Ruhepuls immer wieder in seine gewohnte Entspannung.

*Es ist förderlich für die Gesundheit,
deshalb beschließe ich glücklich zu sein.*
~ Voltaire ~

„Wir brauchen was Neues für unsere Stammgäste", brachte Carlo bei einem Meeting vor.

Wir sprudelten vor Ideen. Er teilte die Insel in Segmente auf und bat uns bis zum Monatsende Konzepte vorzulegen. Wir sollten Alternativen für jedes Alter und für jedes Budget ausarbeiten. Ich stellte drei Ausflüge zusammen:

- Tour A
  Quad-Safari, Wanderung & Bootstour

Lisa kam am Abend zuvor zu mir, damit wir frühmorgens starten konnten. Ich skizzierte und notierte jeden Schritt unserer Recherche. Es sollte eine Tagestour abseits der abgetretenen Touristenpfade werden. Max. 4 Pers./Quad, Fahrt in Karawane. Wir entdeckten imposante Wege durch Pinienwälder und Lavafelder. Stop mit Snack im Bergdorf Masca im Teno-Gebirge. Von dort aus spektakuläre Wanderung auf dem Pfad der Schlucht ca. 650 m hinunter zur Bucht, vorbei an Terrassenfeldern und Maulbeeren, an Mandelbäumen, Kaktusfeigen, Dattelpalmen und Agaven. Der Weg war in der engen Schlucht vorgegeben, doch man konnte das Ende der Tour schon vorher hören: der Atlantik wies mit seinem donnernden Getöse das Ziel aus. Unten wartete ein Boot für die Rückfahrt, bei der wiederum für eine kleine Stärkung gesorgt werden sollte. Die Fingerfood-Maisfladen könnten frisch aus dem Bergdorf kommen. Zum Sonnenuntergang setzte die Bootstour durch das klare Gewässer dem Tag noch eine Krone auf: Wir konnten Kurzflossen-Grindwale in ihrem natürlichen Lebensraum beobachten. Die Tour stand. Nun mussten wir nur noch meinen Offroader abholen, der in Masca stehen geblieben war. Paco fuhr uns in der Dämmerung hoch.

- <u>Tour B</u>
  Teide: Besteigung des Gipfels per Pedes

Den höchsten Punkt Spaniens mit der Seilbahn von der Basis bis ca. 3.500 m hochfahren, um dann nur noch einige Schritte zum Gipfel zu gehen, das konnte Jeder. Ich hatte von der Berghütte ‚Altavista‘ (Hohe Aussicht) im Nationalpark gehört und überredete Lisa zur Tour-Recherche Nr. 2: auf einem der Seilbahn entgegengesetzten Aufstieg bei knapp über 3.000 m befand sich die außergewöhnliche Unterkunft mit einem Aufenthaltsraum inkl. Kamin und einer Küche, in der man sich Wasser aufkochen konnte. Es gab drei Schlafräume für je 18 gemischte Schnarcher in 9 dicht aneinander gereihten Etagenbetten. Diese waren nur mit einer Matratze und einer Fleece-Decke ausgestattet. Toiletten ja, Duschen nein. Wir zogen uns Kapuzen-Jogging-anzüge an, packten Sandwiches und Tee ein, stellten den Offroader weit unterhalb der Hütte auf dem Hügel ‚Montaña Blanca‘ ab, und erreichten am späten Nach-mittag nach ca. 4 Stunden Steigung die seit 1892 bestehende Berghütte. Nicht nur der Sonnenuntergang war grandios, die höchstgelegene Unterkunft Spaniens bot auch einen der schönsten Sternenhimmel, den wir je sahen. Abends verabredeten wir mit einer Gruppe Italiener die Hütte am nächsten Morgen um 4:00 Uhr zu verlassen, denn wir wollten den Sonnenaufgang unbedingt vom Gipfel aus betrachten. Es war stockdunkel, Lisa und ich waren erleichtert nicht allein unterwegs zu sein. Mit der Fleece-Bettdecke umhüllt und einer Taschenlampe in der Hand stiegen wir nacheinander hoch, höher und höher. Die Luft verdünnte sich, unsere Schritte wurden langsamer, bis wir nach ca. 2 Stunden klettern die Krone erreichten. Der perfekt pyramidenförmige Schatten des majestätischen Vulkans, der am Horizont über dem Atlantischen Ozean zu sehen war, raubte uns über den Wolken den noch verbleibenden vorletzten Atem. Es war hypnotisierend! Schwefelgeruch von aufsteigenden Gasen schwebte über den Boden und erinnerte daran, dass der Vulkan aktiv war.

„Der Teide schläft gerade noch, aber er atmet!", sagte Lisa, die auf Gesteinsformationen und den immensen Krater zeigte, der im Laufe der Geschichte zahlreiche Explosionen hervorgebracht hatte.

Das Wetter spielte mit: im Hintergrund sahen wir eine Vulkankette des Teno-Massivs, sowie die Inseln La Gomera, El Hierro und La Palma. Die anstrengendste Alternative den 3715 Meter hohen Teide zu besteigen war mein Konzept für unsere Low-Budget-Gäste, die hierfür, außer ein Fahrzeug anzumieten, nur der Hütte (damals noch) lediglich eine kleine Spende schuldeten.

- <u>Tour C</u>
  Mini-Cruise Tenerife · La Palma · El Hierro

Ich ahnte Unwohlsein, aber der Nordatlantische Ozean reizte mich. Eine 3-Tage-Tour (2 Übernachtungen an Bord) zu den kleinen Schwesterinseln könnte ein Ausflug für unsere liquideren Gäste werden. Carlo gab mir die 72 Stunden frei und wartete selbst gespannt auf das Ergebnis meiner ‚Forschungsreise'. Die Tour gab es bereits, allerdings sollte ich mir ein Bild der Luxus-Nussschale machen, einen detaillierten Report erstellen und ein individuelles Angebot für uns aushandeln.

Wir legten im südlichen Hafen ab und steuerten bei strahlendem Sonnenschein ca. 5 Stunden auf La Palma zu. Schon nach einer Stunde an Bord, als kein Land mehr in Sicht war, überkam mich Schwindel und Übelkeit. Ich ignorierte die ersten Symptome der Seekrankheit, denn ich hatte zu tun. Die Überschrift meiner Ermittlung lautete KKK: Kombüse, Kajüten, Kojen. Erleichtert stieg ich in La Palma aus, konnte allerdings an der dort angebotenen Bustour und Wanderung nicht teilnehmen. Ich lief träge auf und ab, döste zwischendurch am Hafen auf einer Bank und wartete fiebrig auf die Einordnung des Gehirns, denn dieses behauptete weiterhin, wir hätten noch schaukelnde Bewegungen. Raúl aus der Kombüse brachte mir Toast und Tee runter. Trotz mehrerer Stunden auf festem Boden befanden sich meine Sinneswahrnehmungen am Abend, als wir wieder an Bord gingen, weiterhin im Konflikt. Dennoch wollte ich die Eindrücke der Wanderer aufnehmen. Sie erzählten von der großartigen Landschaft, von dichten Wäldern, ruhigen Stränden und imposanten Vulkanen.

Man nannte die Insel aufgrund intakter Natur und gesunder Umwelt auch ‚La Isla Bonita‘, die schöne Insel.

Nun wollte ich unbedingt am Kapitänsdinner teilnehmen, und setzte mich bleich an den runden Tisch. Das Abendessen wurde fein unter versilberten Gloschen serviert. Als ich meine Haube abhob, befanden sich darunter auf dem Teller, anstatt Lamm-Carrés mit Schoko-Olivenöl-Sauce, zwei Reisetabletten. Raúl wollte witzig sein. Da ich die Fische nicht füttern wollte, habe ich mich vom Tisch entschuldigt und fiel zerknittert in meine Koje. Mit leerem Magen schaukelte es sich leichter. Am nächsten Morgen hatte sich das Unwohlsein etwas gelegt. Der Ausblick auf die uns entgegenkommende Insel El Hierro (Das Eisen) war grandios. Ich musste heute bei dem Ausflug unbedingt dabei sein. Wie sonst sollte ich Carlo einen vernünftigen Report vorlegen?

El Hierro ist die kleinste der sieben Kanarischen Inseln. Ein Paradies mit Seele im Atlantischen Ozean. Hier war das Leben anders. Es war besonders, einzigartig. Hier konnte ich den Frieden spüren! Man nannte sie früher ‚Insel des Meridians‘, denn der griechisch-ägyptische Astronom Claudius Ptolemäus legte im Jahr 150 den Nullmeridian am westlichsten Punkt der Insel fest, bis er 1884 nach Greenwich verlegt wurde. Weiter in die Vergangenheit: Auf seiner zweiten Reise nach Amerika hielt sich Christoph Kolumbus 1493 mehrere Tage (auf günstige Winde wartend) auf El Hierro auf, wo er seine Schiffe mit Wasser und Proviant versorgte.

Die kleinste der Kanaren ist zugleich die letzte Insel Europas. Wenn ich an den Tag auf El Hierro denke, dann taumeln folgende Begriffe in meinen Erinnerungen: dichte Pinienwälder, Vulkanlandschaft, afrikanische Blaumeisen, Nebel, knorrige Baumheide, Petroglyphen, Regenbaum, Lavagestein über Sanddünen, gestreifte Geckos, schroffe Klippen, windschiefe Wacholder, zerklüftete Felsformationen, verfangene Wolken, facettenreiche Vegetation und um alles zusammenzufassen: Naturparadies auf einer abgelegenen Zauberinsel.

Unsere Herzen nahmen märchenhafte Eindrücke mit, die abends beim Dinner auf dem Hauptdeck nochmal rege ausgetauscht wurden. Der krönende Abschluss an Bord war eine mitreißende Tanzperformance. Eine lebhafte Verschmelzung des traditionellen Flamenco mit dem argentinischen Tango erstaunte uns durch Eleganz, Geschicklichkeit und Ausdruck.

Mein Resümee: Diese All-Inclusive-Mini-Kreuzfahrt zu zwei faszinierenden Naturinseln war das Richtige für alle, die das Außergewöhnliche lieben und gleichzeitig ihre Seele nach allen Regeln der Kunst verwöhnen lassen mochten. Alle Kajüten boten ausreichend Platz und Meerblick, kulinarische Köstlichkeiten on Top.

Am Abend stellte ich meine Dokumentation fertig und war froh, dass der Capitán erst gegen 4 Uhr morgens starten wollte um uns erstens noch eine ruhige Nacht am Hafen zu gönnen, und zweitens um den Sonnenaufgang über dem Atlantik zum Frühstück zu präsentieren.

Gegen 5 Uhr morgens wurden wir durch lautes Schreien der Besatzung hektisch geweckt:

„Mann über Bord!"

Wir hatten ein Seenotfall! Das Schiff wurde sofort auf Gegenkurs gebracht, bis es zur Stelle kam, wo man den Treibenden vermutete. Dann wurde es stabilisiert. Zur Markierung der Unfallstelle wurden mehrere Fender, Rettungsringe und Leinen ins Wasser geworfen. Die komplette Beleuchtung an Bord wurde eingeschaltet, Scheinwerfer aufs Wasser gerichtet. Crewmitglieder teilten Taschenlampen aus, Reisende in Pyjamas tummelten sich suchend an Deck. Ich erfuhr von Raúl, dass es sich um seinen Cousin Sergio handelte, der unter Liebeskummer litt.
«El amor, el amor…», gestikulierte er wild mit zusammengezogenen Augenbrauen und hisste dabei die Signalflagge.

Es war kaum Wind, die See praktisch ruhig, allerdings war es noch dunkel. Der Kapitän fing an enge Kreise zu ziehen, eine Rettungsboje mit Leuchtquelle markierte die Stelle. Aber selbst bei Tageslicht und der ruhigen See konnten wir das Opfer nicht sichten. Die Seenotrettung traf ein. Ein Helikopter rotierte inzwischen über dem Wasser. Obwohl alle Maßnahmen und entsprechende Rudermanöver zur Rettung des Barkeepers Sergio ausgeschöpft wurden, blieben wir weitere 6 Stunden an Ort und Stelle, denn so hatte es der Schiffsführer entschieden. Dem Kapitän steht die oberste Anordnungsbefugnis zu. Dem Anschein nach war das Drama des Überbordgegangenen kein unglücklicher Unfall. Es handelte sich laut Vermutung der Mannschaft bei Sergio um einen vorsätzlichen Sprung ins Wasser. Raúl litt unter der quälenden Ungewissheit, ob er das Geschehen hätte verhindern können. An Land wurde, wie immer in solchen Fällen, eine Untersuchung eingeleitet. Das Einzige, was Raúl später erfuhr, war, dass Sergio wahrscheinlich ertrunken ist, denn infolge einer Unterkühlung ist nach ca. einer halben Stunde bereits vom Tod auszugehen. Sergio wurde nie gefunden. Sein Körper wurde nirgends angeschwemmt.

Mein Gleichgewichtsorgan nahm noch tagelang Drehbewegungen wahr. Den Kollegen erzählte ich von der Kreuzfahrt nach Istanbul, die ich ohne spürbaren Schwindel überstanden hatte.

„Das war sicherlich ein sehr viel größeres Schiff, das mit speziellen Stabilisatoren ausgerüstet war", meinte Fernando.

Stimmt. Außerdem lief die Fahrt an der Schwarzmeerküste entlang, so dass ich immer den geraden Horizont vor Augen hatte.

Carlo besprach jedes unserer aller vorgeschlagenen Konzepte mit der Agentur. Zusammen wurde die eine oder andere Routenplanung optimiert, zu Pfaden und Parkplätze eventuelle Genehmigungen eingeholt, die Kosten analysiert und schließlich bebilderte Flyer gedruckt. Insgesamt konnten wir 10 neue attraktive Angebote an Land und auf Wasser verwirklichen.

Freitags, am Flughafentag, ließ ich mich immer für den Transfer der Gäste aus Frankfurt eintragen. Mit dieser Maschine kam unsere Co-Mail an. Die Zöllner kannten mich bereits. Ich war Frau Ungeduld in blauer Uniform, die immer mit einem hastigen «¡Hola!» an ihnen vorbeiflitzte, um den silbernen Metallkoffer vom Rollband der Frankfurter Maschine zu kidnappen. Spannungsgeladen galoppierte ich damit wiederum zurück zu unserem Check-In-Schalter um den wöchentlichen Brief von Pepe herauszuangeln. Ich war süchtig nach seinen Worten: ich huldigte jeden Satz, erwärmte mich sogar an Randbemerkungen und kicherte albern über seine Skizzen und Fußnoten.

Geri kannte mein Freitags-Ritual: Wenn der Shuttle-Service am Abend beendet war, tauchte ich in meinem Apartment ab, riss mir die Uniform vom Korpus, schmetterte das Willkommensschild in eine Ecke, schlüpfte in meine Latzhose, schenkte mir ein Glas Wein ein, ließ die Grillen zirpen und las. Üblicherweise rief ich Lisa in ihrem Ferienmekka an der Südwestküste an und teilte ihr den neuesten Stand mit:
„Er liebt mich noch!"

„Natürlich tut er das!" Lisa stärkte mich unerschöpflich und tolerierte keinerlei Zweifel.

Diese überfielen mich allerdings laufend. Schließlich kannte ich Pepes Wirkung auf weibliche Wesen. Er war kein Don Juan oder ein bewusst aktiver Casanova, er war allerdings gewohnt, dass Frauen ihn umwarben. Und die halbnackten Meerjungfrauen, die mit ihrem ‚Dekoltismus' am Goldstrand flanierten, waren mir ein Dorn im Auge.

Tage, Wochen, Monate vergingen. Der Herbst nahte und ich stieß mit der Pepe-Enthaltsamkeit an meine Grenzen. Bei einem Espresso mit Carlo sprudelte es aus mir heraus:

„Letzten Sommer geriet mein Herz aus den Fugen. Ich habe mich in Bulgarien verliebt."

„Ich weiß", knurrte Carlo.

„Ich möchte die letzte Maschine nach Varna nehmen, bevor das Zielgebiet schließt. Danach wird es schwierig mit der Einreise. Also bitte ich dich, mich hier vorzeitig gehen zu lassen, damit ich noch als Tourist einreisen kann."

„Das geht nicht, Ilona, wie soll ich dich denn hier von jetzt auf gleich ersetzen?"

„Carlo, mir fehlt das Gen um ihm zu entfliehen… ich *muss* zu ihm!"

Er seufzte, verdrehte die Augen, schüttelte mit dem Kopf und willigte schließlich nachgiebig ein: „Dios mío, wie kann man so insistierend sein!"

Ich trommelte auf dem Tisch, sprang auf, umarmte und küsste ihn rechts/links und jodelte: „Danke, danke, danke!"

Ein letztes Mal kamen Lisa und Geri zum Flamenco-Abend mit. Das hatte ich mir zum Abschied gewünscht: Mädelsabend an spritziger Sangria bei feurigem Tanz. Wir diskutierten über die Bedeutung von Freiheit und Selbstverwirklichung, über unsere hin- und hergerissenen Schritte, unerwartete Gelegenheiten, individuelle Chancen, Zufallswege zum Glück!

Es war zwar ein Stand-by-Ticket, aber ich war meines Platzes sicher. Wer fliegt noch im Oktober an den Goldstrand? Die Maschine war tatsächlich nicht mal zur Hälfte voll.

Pepe winkte mir durch die Tür der Ankunftshalle und gleich danach stand er am Kofferrollband. Mein Herz raste und ich hatte sogar ein bisschen Angst. Wir fielen uns stürmisch in die Arme, seelisch und körperlich. Unter den Zollbeamten war ein Freund von Pepe, ohne den es dieses Szenario natürlich nicht gegeben hätte. Die Trennung war das überfordernste Gefühl, dass mir je widerfahren war. Unsere Hoffnung hatte die 9 Monate überlebt.

Samu hatte mir zu Hause gesagt: „Du wirst das Pflaster deiner Sehnsucht für einige Tage abreißen können.“

Und so war es. Nichts tat mehr weh. Wir knüpften an unsere sonnigen Erinnerungen des Jahres zuvor an, als seien keine 275,75 Tage vergangen. Ich fühlte mich gehalten und sicher.

Der Goldstrand war immer noch der Mittelpunkt meines Seelenfriedens. Laura rannte kreischend auf mich zu und drückte mich wie wild. Wir lachten stundenlang über die bekannten Rosis und Helmuts, aber auch über neue Ernas und Herberts. Und in der Strandbar war auch alles beim Alten. Bojan pfiff, er hatte wie immer gute Laune. Ich bestellte den monatelang entbehrten gebratenen Käse, aber vorab brachte Bojan natürlich Schopska-Salat zum Rakija.

Pepe war kein Romantiker. Sein eher nüchterner Heirats-
vorschlag klang nur aufgrund des idyllischen Ortes zart
harmonisch (und weil ich es so wollte). Ich war völlig
erstaunt, schließlich kannte ich seine Einstellung zur
Heimat.

„Ich bin und bleibe Bulgare in Bulgarien", war ein mir
eingehämmerter Satz am Anfang unserer Bindung. Auch
der Herzstich auf Norderney: „Ein Leben nach der
Flucht kann ich mir nicht vorstellen" glühte noch oft
lodernd auf.

Dennoch war es ein unvergesslicher Moment, an den wir
uns noch Jahre später erinnerten, da auch ich auf die
sachlich gestellte Frage „Sollen wir heiraten?" (zwar
innerlich vor Freude schreiend, aber nach außen hin
gefasst) sehr souverän, fast hinterfragend antwortete:
„Jo?"

Bojan war wohl eingeweiht, denn er kam nach einem
Zeichen von Pepe mit rotem Krimsekt an unseren Tisch.

Wir besprachen bei unserem barfüßigen Rückweg am
Strand die nächsten Schritte: „Es wird uns gelingen!"
Voller Überzeugung erzählte ich auch Laura über meine
‚Mo'olelo' mit Happy-End.

Dass sich das Happy-End allerdings nicht so einfach
realisieren ließ, wurde uns ‚stante pede' klar. Ich nahm
mir wieder drei Monate unbezahlten Urlaub, und wir
begannen zu recherchieren. Was müssen wir besorgen,
was müssen wir vorweisen, wie wollen wir das Ganze
überhaupt begründen? Die Kirchen ließen wir außen vor.
Rechtlich verbindlich konnte in Bulgarien nur standes-

amtlich geheiratet werden. In der orthodoxen Kirche gilt die Ehe als heiliges Mysterium. Heilig waren wir beide nicht. Ein Mysterium präsentierte sich uns in Form von zig Papieren, die abverlangt wurden, um eine Ehe über den Zaun überhaupt erstmal zu beantragen. Pepe musste Kommentare wie ‚schwere moralische Verfehlung‘ und ‚Verräter‘ hinnehmen und wusste, dass unser Vorhaben seinem Vater den Dienstposten kosten könnte. Von uns beiden wurden folgende Papiere – im Original – gefordert:

- Ordnungsgemäßer Antrag
- Geburtsurkunde
- Familienbuch
- Eidesstattliche Versicherung zum Familienstand
- Reisepass (min. 6 Monate gültig)
- Meldebescheinigung
- Ehefähigkeitszeugnis

Die Originale der Urkunden waren mit einer Apostille der zuständigen Heimatbehörde zu versehen. Sämtliche Urkunden waren mit einer vollständigen Übersetzung in die bulgarische Sprache vorzulegen, und zwar von einem in der BRD öffentlich bestellten und beeidigten Übersetzer. Eine Prüfung würde dann erst nach Vorlage der vollständigen Eheschließungsakte folgen.

Aufgrund der unzuverlässigen Post im Osten beschloss ich die teuren und wichtigen Originale persönlich nach Bulgarien zu bringen. Dario und Tine halfen mir in Bochum einen VW-Käfer zu finden, der robust genug war, um mich im Winter über die Autoput zu befördern.

Die Strecke der 2000 km kannte ich ja bereits, und die Perspektive, Pepe bald wieder um den Hals fallen zu dürfen, stärkte meine Entscheidung. Später stellte sich heraus, dass die Reise sowieso unabdingbar war, da wir den Gesuch zur Durchführung des Vorbereitungsverfahrens gemeinsam stellen mussten. Um den Wunsch der Eheschließung zu bestätigen, mussten wir beide anwesend sein. Sie prüften die genaue Identität der Brautleute. Das komplizierteste Papier war das Ehefähigkeitszeugnis, welches aus mehreren Dokumenten bestand. Pepe musste diesen parallel bei einem Familienanwalt in Bulgarien beantragen. Bei dieser Gelegenheit erfuhr er, dass seine Eltern geschieden waren.

Der hellblaue 44 PS starke Superkäfer VW 1303 war Baujahr 1974 mit stark nach vorn gewölbter Panorama-Windschutzscheibe, Zahnstangenlenkung und Elefantenfüße (so nannte man die Heckleuchten). Ich fuhr exakt unsere Reiseleiter-Strecke vom Frühjahr 84 ab. Ein Teil der E70 zwischen Zagreb und Slavonski Brod war inzwischen 4-spurig. Diese ca. 200 km der Autoput waren entspannt, danach wurde sie wieder zur Schnellstraße mit nur 2 Fahrspuren. Kurz vor Belgrad blieb der Käfer stehen. Einfach so. Bis heute weiß ich nicht genau, was er hatte. Er ging während der Fahrt plötzlich aus, rollte noch ein Stück, und ließ sich nicht mehr starten. Die Straße war leergefegt und es dämmerte bereits. Auf einem Feld entdeckte ich einen Schäfer, der aufgrund meines turbulenten Winkens herbeieilte. Anscheinend litt mein Gefährt unter fehlender Sprit-versorgung. Der Schäfer öffnete die Motorraumhaube, verschwand mit halbem Oberkörper im Heck, gestikulierte und wiederholte das Wort ‚pumpa‘. Ich konnte nur mit den Achseln zucken und die Mundwinkel nach unten ziehen. Meine dummen Signale gedrückter Stimmung erschütterten ihn allerdings ganz und gar nicht. Er reinigte den (wahrscheinlich verstopften) Benzinfilter und machte mir dann anhand Gesten klar, dass ich starten sollte. Er sprang an! Was für eine Erleichterung! Ohne den Motor nochmal auszumachen, nahm ich 100 DM aus der Tasche und gab sie dem Verdutzen. Vermutlich war das damals mehr als ein Monatsgehalt für einen Slawen. Ich fuhr anschließend in Belgrad rein, und bat den ersten Taxifahrer, den ich am Straßenrand sah, bei laufendem Motor, mich zu einem Hotel zu lotsen. Falls mein Superkäfer wieder stehen blieb, dann bitte bei Tageslicht. Ich hatte ¾ der Strecke hinter mir und freute mich auf die nicht vorhergesehene Dusche und ein herrlich weiß bezogenes Bett. Dann rief ich Pepe an, damit er nicht schon morgens, wie vor Abfahrt vereinbart, an der Grenze warten sollte. Die Strecke von Sofia bis Kalotina wollte er mir unbedingt mit Tortuga entgegenkommen. Wenn ich schon fürstlich übernachtete, wollte ich auch königlich frühstücken. Ich hatte nicht nur noch ca. 350 km bis zur Grenze, ich musste ja auch die gewohnten Komplikationen am Zoll einkalkulieren, also verabredeten wir uns für den frühen Nachmittag in der Kantine am Grenzübergang.

Wir wurden immer wieder getrennt, waren aber gleichzeitig unzertrennlich. Eigentlich war es ein rein persönliches Dilemma (mit der Situation klarzukommen), denn wir wussten von Anfang an: der eiserne Vorhang war nicht passierbar. Punkt. Das gemeinsame Vorhaben die Sperrzone nicht als Hindernis, sondern als Herausforderung zu betrachten, forcierte den Wunsch auf Beisammensein nur noch mehr.

Die Grenze zu Bulgarien wurde auch auf deutsch ausgeschildert: ‚Achtung Grenzzone‘. Es musste verhindert werden, dass feindliche und irre geführte ‚Elemente‘ die Grenze überquerten. Seit dem internationalen Systemkonflikt, der Europa in zwei Lager teilte, hatten Bürger (nach dem Bau der Berliner Mauer 1961) ihr Leben auch bei einem Fluchtversuch über Bulgarien geopfert. Entlang der gesamten Grenze gab es Aussichtstürme und Schützengräben. Die Sperrgebiete mit Überwachungs- und Meldesystem hatten hier – wie auch im Süden zur Türkei – eine Tiefe von bis zu 15 km. Erst kam ein hoher Grenzsicherungszaun, dann erinnere ich mich an einen zweiten mit Stacheldraht, der sich ca. ein bis zwei km von der eigentlichen Staatsgrenze entlang zog, bei welcher man von schroffen Zöllnern beschnüffelt und von bedrohlichen Spürhunden beschnuppert wurde. Die Vorgehensweise und die Behandlung kannte ich ja bereits, aber ich fuhr zum ersten Mal dem Spitzelapparat allein entgegen. Pepe sagte, die Zöllner seien zur Ergebenheit gegenüber der Volksmacht und zum Hass gegen die ‚Feinde‘ erzogen. Ich war also ein Feind im Superkäfer mit 6x Bohnenkaffee an Bord. Der VW wurde gründlich untersucht (ob er eventuell ‚präpariert‘ war), denn er konnte ja auf die Flucht eines bulgarischen Bürgers zugeschnitten sein. Sicherlich war ich schon registriert. Es gab laut Urs bereits digitale Technologien, unter anderem ein automatisches System zur Kontrolle und Registrierung von Ausländern. Der Sicherheitsapparat war beängstigend, und dennoch stellte man wohl Jahre später fest, dass es allein hier bis zu 60 erfolgreiche Fluchten pro Jahr gab.

Erst kam das Zollamt, dann eine Tankstelle, dann die Grenzpolizei und schließlich die Kantine. Ich suchte

nach Pepes Peugeot auf dem Parkplatz, aber er hatte sich
bringen lassen und wartete drin. Als ich ihn hinter der
Fensterscheibe winken sah, seufzte ich vor Erleichterung
bis zu den Zehenspitzen. Meine Anspannung ließ komplett nach, als er mich umarmte:

„Малка маймуна (Äffchen), endlich bist du da! Ich frohe
mich so!" Da war es wieder, das rollende Pepe-Deutsch.

Eine Stunde später lernte ich Mama Milla kennen. Sie
öffnete die Wohnungstür im 4. OG des Plattenbaus und
ließ sich die Überraschung nicht anmerken. Den Käfer
positionierte Pepe so, dass wir ihn vom Wohnzimmer-
fenster aus sehen konnten. Nichts, was nicht fest mon-
tiert war, durfte im Fahrzeug bleiben. Die Wohnung
bestand aus dem Wohnzimmer mit Balkon und Bettsofa
(für uns), ein Schlafzimmer (wo Papa Ivan und Bruder
Malin übernachteten), einer innenliegenden Sanitär-
raumzelle und einer Küche mit Essplatz und raumhohen
Einbauschränken, darin das Einbaubett von Milla. Auch
die Küche hatte eine Loggia, die allerdings geschlossen
verglast zur Abstellkammer umfunktioniert wurde.

Millas politische Grundhaltung war – im Gegensatz zu
Pepes Vater – entschieden radikal gegen das Regime. Sie
war Autorin bei Radio Sofia und träumte vom „Schreiben, was ich will, ohne in Selbstzensur zu ersticken". Sie
hoffte sich irgendwann entfalten zu können und völlig
öffentlich zu zeigen, wer sie war und was sie schrieb. Sie
wollte reisen und mitbestimmen. Und die Leute, die
glaubten, ihr sagen zu müssen, was falsch oder richtig
war, die sollten ihr die Wirbelsäule runterrutschen.

Der große Traum der Freiheit, so sagte meine vielleicht künftige Schwiegermamá: „Eine Regierung abwählen zu können, weil man mit ihr unzufrieden ist. Mit einer Banane in der Hand!"

Sie erzählte mir, dass bis 1975 Fluchtversuche noch mit 15 Jahren Gefängnis bestraft wurden. Den Familien der Ausreißer wurden zur Folge weitere Bildung und Berufsentwicklung versagt. Abgesehen von einer fetten Geldstrafe, drohte der Familie auch Beschlagnahme des Besitzes, denn diese hatten vermutlich das Verbrechen auch noch unterstützt. Flucht schadete dem Interesse der Republik, untergrub die Autorität der Volksmacht, war Ungehorsam gegenüber der Miliz.

Milla wusste wenig von mir. Zwar hatte sie von meinem Aufenthalt am Goldstrand und der ‚Freundschaft' zu ihrem Sohn gehört, aber viel mehr hatte Pepe – aufgrund Befürchtungen möglicher Nachteile für Eltern und Bruder – nicht mitgeteilt. Unser Vorhaben war sozusagen geheim. Das Verhältnis zu meinen Eltern war völlig konträr. Wir hörten sogar Dinge, die nicht gesagt wurden. Hier schien die Beziehung zwischen den beiden Generationen eher reserviert zu sein. Schuld war sicherlich das System, das Offenheit und Transparenz untergrub. Ganz bestimmt waren Milla und Ivan genauso empathische Eltern wie Maya und Samu. Vielleicht las auch Milla aus Pepes Mimik und verstand, was bevorstand. Aber es wurde weder an- noch ausgesprochen. Ich war einfach nur eine Freundin zu Besuch.

Die Tage vergingen wie im Flug. Der erste Termin beim Standesamt verlief nüchtern, die benötigten Unterlagen händigten wir persönlich aus. Nach Prüfung konnte die

Trauung erfolgen. Es gab allerdings noch Weiteres zu klären: ob die Eheschließung in Deutschland anerkannt werden würde, ob eine Legalisation der Heiratsurkunde erforderlich war, welches Namensrecht galt und ob sich die Eheschließung auf meine Staatsangehörigkeit auswirken würde. Ich war Doppelstaaterin, und wollte aus Sentimentalität nicht auf meine vollgestempelten Pässe verzichten. Jede Auskunft kostete Zeit und Gebühren. Malin begleitete uns überall hin. Nicht, weil er sich für die Behördengänge interessierte. Nein, er wollte im Käfer mitfahren.

Mein Visum war auf 16 Tage beschränkt, in denen wir mehrfach zum Standesamt fuhren. Wir ahnten schon, dass die Zeit zu knapp bemessen und dass das Amt möglicherweise zur Hinhaltung der Prozedur dressiert war. Also beanstandeten sie, um etwas zu beanstanden, die Übersetzung meiner Geburtsurkunde aus Chile und verlangten eine zusätzliche Beglaubigung seitens chilenischer Botschaft in Deutschland. Schwachsinn! Wir sollten wohl von selbst aufgeben. Sei es drum, eine Anfechtung hätte man als Provokation aufgenommen, demnach mussten wir jede Forderung stillschweigend dulden und alles tun, um unser Ersuchen aufrecht zu erhalten.

Auch wenn ich unverheiratet zurück fuhr, hatte ich doch eine energische Milla und einen gelassenen Ivan kennengelernt, die beide nicht ahnten, warum ich mich in Sofia aufhielt. Pepe stellte mich nebenbei auch seinen Großeltern vor und ich traf seine Cousine Adriana wieder, die in unserem Sommer am Goldstrand für einige Tage aufgetaucht war. Pepe, Adriana und Malin waren ein sehr verbundenes Trio, zumal sie als Kinder bei den Großeltern zusammen aufgewachsen waren. Die drei mussten somit nicht in eine der staatlichen Betreuungseinrichtungen. Diese waren im Osten üblich, denn Mütter mussten zum Wohl des Staates schnell wieder arbeiten gehen.

Die Rückfahrt verlief reibungslos. Pepe hatte dem Käfer, in den er vernarrt war, eine gründliche Inspektion verpasst. Dafür fuhren wir aus dem Plattenbauviertel raus in die Berge. Vor allem Ivan wohnte ab dem ersten Sonnenstrahl des Jahres in der Datscha mit dem großen Feigenbaum im Garten und imposanten Blick über Sofia. Gold strahlte hier allerdings nur die Kuppel der Alexander-Newski-Kathedrale, alles andere war grau. Der genehmigte Bau des ‚Wochenendhauses‘, das im Osten der Erholung diente, hatte ungenehmigte drei Etagen.

„Das Wohnen in der Platte ertragen wir nur wegen heißem Wasser, Heizung und Kanalisation“, sagte Milla. „Unser ‚Leben‘ findet in den Bergen statt.“

Das Haus wurde im Winter leer geräumt. Vielmehr stellten sie Mobiliar und Sanitäreinrichtungen in eines der unteren Zimmer und mauerten dieses zu.

„Das ist unsere Versicherung gegen Einbruch“, sagte Pepe.

Ich schaute runter zu den unendlichen Reihen riesiger Betongebäude. Platte an Platte. Die Frage, ob ich hier leben konnte oder wollte, machte indessen ein gemütliches Schläfchen. Sie stellte sich einfach nicht.

Während Pepe sich in der großen Garage dem Käfer widmete, ging ich mit Malin die Schotterstraße auf und ab. Ich staunte über die Häuser im authentischen bulgarischen Stil. Anscheinend umging man hier die staatlichen Planungsbüros des kommunistisch geprägten Balkanstaates. Es lohnte sich einen Blick auf diese Baukunst aus Naturmaterialien zu werfen: unten aus Stein und oben aus Holz. Sie strahlten behagliche Gemütlichkeit aus. Hier konnte man der Enge der Stadt entweichen, zur Ruhe kommen und sich über die Knospen des letzten Herbstes freuen, die am Feigenbaum über den Winter gereift waren.

Pepe zeigte auf die Metropole:
„Da siehst du den architektonischen Brutalismus des sozialistischen Bulgariens. Hier dagegen, auf unserem Berg, bauen wir zwischen elitär und *egal*-itär."

Auch wenn der sozialistische Realismus hier oben genauso herrschte, die exzellente Lage der dünnbesiedelten Anhöhe mit dem typisch bulgarischen Charakter lud zum Träumen ein. Die geduldeten Häuser auf dem Berg waren funktional, aber großartig. Abends sendeten Glühwürmchen Leuchtsignale ab.

Unmittelbar nach der Grenze überfiel mich der prominente starke Sehnsuchtsschmerz. Da war diese bewachte hohe Mauer mit dem stacheligen Draht zwischen uns. Überklettern verboten. Die Überquerung der Absperrung machte die Ungewissheit drastisch deutlich und ich spürte wieder die riesige Ungerechtigkeit. Aber unsere Liebe würde uns durchhalten lassen. Zumindest das war sicher. Ich schwor mir niemals aufzugeben. Niemals! Und ich dachte über die Glühwürmchen nach, die sich ihrer Freiheit gar nicht bewusst sind.

Nach Beschaffung der zusätzlichen Beglaubigung seitens Botschaft, wollte ich nicht auf die ziemlich wahrscheinliche Absage eines weiteren Visums zur Einreise im Land der rabiaten Ablehnung warten, und sendete Pepe das Dokument per Einschreiben.

Zur Ablenkung flog ich zu Manolis, der inzwischen in Sri Lanka eingesetzt war. Im Indischen Ozean war ich bis dahin nicht gewesen und ich verfügte auch zu diesem Zielgebiet über Stand-by-Tickets.

„Ich nehme dich mit auf eine Rundreise!", schrieb Manolis.

Die singhalesische Geschichte sagte mir nichts, Buddhismus und Hinduismus waren mir fremd. Ich war weder wild auf Tempel noch auf die Konflikte der Tamilen. Es herrschte Bürgerkrieg. Aber die Erzählungen von Manolis über Teeplantagen, Reisfelder, Wasserbüffel, bunte Tempelfeste, fliegende Händler, dreirädrige Tuk Tuks und die scharfen Gewürze der indisch-arabischen und malaysischen Currys machten mich neugierig. Ich flog also für eine Woche zum tropischen Inseljuwel am Randmeer des Indischen Ozeans.

„Willkommen auf der strahlenden Insel", begrüßte Manolis seine Gäste. (Sri= strahlend, Lanka= Insel.)

Ich lernte noch am gleichen Abend ohne Besteck zu essen. Es gab Reis als Beilage, welchen man mit etwas Fisch-Curry vermischte, um daraus mit den Fingern der rechten Hand eine kleine Kugel zu formen. Von der Hand in den Mund. Die linke Hand durfte nicht mitmischen, sie galt als unrein, denn sie wurde – wie auch in vielen anderen Ländern – nach dem Toilettengang statt Papier zur Reinigung benutzt. Manolis hatte ein Zimmer für mich in der Reiseleiter-Villa in Colombo frei gemacht. Ich war erleichtert bei ihm wohnen zu dürfen, denn nach der Fahrt durch ein Chaos von Lärm und Gestank fühlte ich mich in der Villa geborgen. Eine Handvoll Kollegen teilte sich das einfache Steinmauerwerkhaus, das mehrere Schlafräume mit kolonialen Ventilatoren, drei Bäder (mit Klopapier), eine Gemeinschaftsküche, eine Terrasse und einen großzügigen Garten besaß. Besonders gefielen mir die Wandöffnungen mit Fensterläden ohne Glas. Allein in meinem Zimmer wohnten mindestens 5 braune stets aktive Geckos, die kleiner als 10 cm waren. Dank ihnen gab es in der Villa weder Insekten noch Spinnen.

Am nächsten Morgen weckte mich Manolis schon um 5 Uhr mit Pittu, einem gedämpften Reiskuchen mit frisch geriebenen Kokosraspeln. Wir mussten circa 20 Gäste in verschiedenen Hotels abholen um unsere 600 km Rundreise zu starten. Während der Fahrt ins zentrale Bergland wurden kleine Fladen aus Weizenmehl verteilt. Manolis fühlte sich sichtlich wohl in seinem Element als Reiseführer. Erstes Ziel war Kandy, die letzte Hauptstadt des letzten Königreichs von Sri Lanka. Besucht wurde der botanische Garten und ein Ort der Besinnung.

„Ein Zahntempel?", fragte ich.

„Da liegt ‚n alter Zahn", flüsterte mir Manolis zu.

Für die Gäste hatte er eine aufregendere Erklärung: „Hier befindet sich der linke Eckzahn des historischen

Buddhas Siddhartha Gautama, der Begründer des Buddhismus.“

Vor dem Gebäude mussten wir unsere Schuhe abgeben. Der Steinboden war aufgeheizt. Wir liefen barfuß eine Treppe hoch, über einen Wassergraben und kamen dann durch einen mit prunkvollem Gold verzierten Eingang in das Innere des Tempels. Es roch nach Sandelholz und man hatte das Gefühl, dass Buddha gegenwärtig war. Wir schlenderten durch Gänge mit filigranen Holzschnitzereien an den Decken und prunkvoll verzierten Säulen, kostbaren Fresken und prächtigen Türen. Kahl rasierte freundlich lächelnde Mönche in rot- und orangefarbenen Gewändern schlichen ebenfalls barfuß durch die sakralen Hallen und flanierten in den Gärten der Tempelanlage. Im gesamten Areal saßen und standen weitere, tief im Gebet versunkene, Gläubige.

„Wo ist der verdammte Zahn?“, fragte ich Manolis.

Ein Trommeln im Fortissimo kündigte an, dass der oberste Mönch auf dem Weg sei, um vor der Reliquie zu beten. Hinter seinem Rücken schimmerte ein goldenes Kästchen.

„Ich sehe keinen Zahn!“, zischte ich in Manolis Ohr.

„Er ist im Innersten von sieben goldenen, ineinander verschachtelten Schatullen versteckt.“

Auf dem Weg ins Hotel eröffnete uns Manolis, dass wir niemals erfahren würden, ob tatsächlich ein Zahn in der Schatulle lag, und wenn, ob der überhaupt des Erleuchteten sei. Viel beeindruckender fand ich in Kandy die lebendige Koexistenz der beiden Religionen: Buddhismus und Hinduismus. Wir fragten uns, warum so etwas nicht überall auf der Welt funktioniert. Hier wurde respektvoll mit den diversen Religionen umgegangen. Die Einwohner lebten trotz unterschiedlicher Glaubensrichtungen friedlich beisammen. In der Nacht träumte ich von winzigen Hobbit-Buddhas, die nur einen Zahn hatten, spirituelle Dialoge summten und Gebete vor sich hin murmelten.

Die Rundreise mit niederländischem/englischem Kolonialflair und viel Ceylon-Tee führte durch artenreiche Nationalparks mit unzähligen wilden Elefantenherden, saftig-grünen Teeplantagen, urigen Dörfern, Tropenwäldern, Felsen- und Höhlentempeln, Flughunden, Teichen mit Seerosen (blaue Wasserlilien) und von Palmen gesäumte feinsandige Strände. Manolis berichtete, dass Sri Lanka geschätzt die höchste Dichte an Elefanten in Asien hätte. Bis heute denke ich an den Schildkrötenstrand und den Duft der Gewürzgärten vor der Südspitze Indiens zurück. Fazit: Eine vielfältige Insel mit recht kleinen sanften Dickhäutern, Maracujas und Papayas, und mit unglaublich netten durchgehend lächelnden Menschen. Das alte Ceylon war definitiv mystisch und geheimnisvoll. Ein Erlebnis für die Sinne gab es bei einem Rundgang durch einen ‚Spice Garden‘. Da hingen grüne stachelige Jackfrüchte und kugelige herb saure Holzäpfel. Aber vor allem begegnete man dem Duft der Vanille, dem Ingwer, Zimt, Kardamom, der Muskatnuss, dem Zitronengras und dem Safran. Vertrautes und Exotisches wuchs auch am Wegesrand im wilden Wechsel. Wir öffneten 5 Tage lang unsere Sinne und rochen, schmeckten und fühlten Gewürze, Früchte und Blumen.

Mit Manolis blieben Pepe-Gespräche nicht aus. Der Bulgare und der Grieche hatten sich am Goldstrand angefreundet. Sie debattierten einen Sommer lang humorvoll über Joghurt. Pepe wurde im Laufe der Saison fast zum Molkereitechnologen. Manolis behauptete, dass griechischer Joghurt cremiger sei, und dieser hätte durch einen höheren Gehalt an Eiweiß seinen Muskelaufbau unterstützt. Wie so oft im Leben eines Reiseleiters wurde auch diese saisonale Freundschaft leider unter ,ich kannte ihn‘ abgespeichert.

„Wieviel Sehnsucht hält ein Mensch aus?“, fragte mich Manolis.

„Was muss Liebe ertragen?“, konterte ich.
„Kann man mit Vernunft ans Gefühl?“

Es folgten Fragen, die unbeantwortet blieben.
„Liebe übertrifft alle menschlichen Gefühle“, sagte er.

Wir saßen an meinem letzten Abend um eine Feuerschale im Garten und aßen köstliches rotes würziges Krabbencurry. Dazu und danach gab es Arrak, ein Schnaps aus Palmenblütensaft. Manolis las aus einem Buch über Platons ,Gastmahl‘ vor. Er wollte mir damit humorvoll erklären, warum Leid und Liebe so nah beieinander sind. Mit übertrieben dramatischer Stimme erklärte er:

„Um das zu verstehen, müssen wir uns auf die historischen Spuren der Liebe begeben.“

Der Dichter Aristophanes legte (im Auftrag von Platon) in diesem Buch seine Sicht der Liebe dar. Ursprünglich habe es eine gemischte Gattung gegeben: Ein Geschlecht aus Mann und Frau.

„Diese sogenannten ‚Kugelmenschen‘ hatten vier Hände und vier Füße, zwei Köpfe und zwei Gesichter mit je zwei Ohren, aber - und jetzt kommt’s! - nur eine gemeinsame Seele…!“

„Manolis, hör mit dem Arrak auf“, lachte ich.

Er fuhr aber weiter: „…eine gemeinsame Seele, die beneidenswert glücklich war. Das Glück stieg den Kugelmenschen zu Kopf, daher beschloss der strenge Zeus ihnen eine Lektion in Bescheidenheit zu erteilen. Er gab seinem Sohn Hephaistos den Befehl, diese dauerhaft fröhlichen Kugeln in zwei Teile zu splitten. Der schleuderte Blitze vom Himmel, die jede Kugel in zwei Hälften zerschnitt. Seitdem stolpern die geteilten Kugeln traurig durchs Leben auf der Suche nach ihrer anderen Hälfte.“

Ausgezeichnet. Ich hatte meine halbe Kugel in Bulgarien gefunden.

„Laut Aristophanes ist genau das die Liebe. Wenn man sich vollständig fühlt.“

Manolis sagte, er würde mich dafür beneiden. Wir suchen nach der Liebe, um mit uns identisch zu sein. Ob Hypothese, Mythus oder Fabel: getrennt sein tut weh.

„Ich habe nicht konkret gesucht. Ich habe ungewollt gefunden! Ob Zeus wusste, dass sich die Menschen später selbst durch Grenzen teilen würden?“, fragte ich den inzwischen eingeschlafenen Manolis, der gerade selbst wie ein griechischer Gott aussah.

„Guten Morgen, Adonis“, weckte ich ihn an meinem Abreisetag.

Ich war ganz konfus vor lauter griechischer Götternamen. Wir schworen uns beim Abschied uns jedes Jahr abwechselnd zu besuchen.

„Verlier dich nicht in einer unerfüllbaren Sehnsucht“, waren seine Abschiedsworte und dann steckte er mir eine Streichholzschachtel zu, die er mit einem Bild eines kleinen indischen Elefanten mit zwei Höcker auf der Stirn beklebt hatte. ‚Als Symbol für Kraft.‘ Erst nach der Zollkontrolle sollte ich die Schachtel öffnen. Darin befand sich 1 Gramm Safran und ein kleines Zettelchen, worauf stand:

Das Geheimnis der Freiheit ist der Mut.
~ Perikles ~

Ich war so gespannt zuhause von Maya und Samu den Stand der Dinge zu erfahren. Pepe hatte sich sogar zweimal gemeldet, allerdings nur um zu berichten, dass mein Einschreiben weiterhin nicht eingetroffen sei.

Bis zum nächsten Einsatz hatte ich nicht mehr so viel Zeit, daher beschloss ich vorsichtshalber eine weitere Übersetzung meiner Geburtsurkunde in der Botschaft beglaubigen zu lassen und diese kurz vor der ‚Versetzung ins Irgendwo‘ nach Sofia zu senden.

Liebende werden in der Literatur gerne mit Narren verglichen, weil sie vor Liebe blind sind, und verwirrt durchs Leben taumeln. Der Liebende und der Denkende, das ist ein Widerspruch. Sei es drum, ich war lieber ein Narr als halbherzig auf Pepe zu verzichten. Wenn wir zusammen waren, war jede Geste, wenn wir getrennt waren, jeder Brief, ständiger Anlass zur Begeisterung. Nichts konnte mich davon abhalten weiterhin an ein gemeinsames Leben zu glauben. Das nennt man ‚Amour Fou‘ (verrückte Liebe).

Es war unser beider Wille, der mich antrieb. Ein unbeugsamer sturer Wille. Auch die Vorstellung von ‚Seite an Seite‘, die Überzeugung an das Gelingen und nicht zuletzt Pepes Besonnenheit stärkte alle Gefühle, die längst im Einklang mit unserer Entschiedenheit waren. Wir schwammen gegen einen politischen Strom, aber Zweifel ließen wir nicht zu. Liebe ist ja kein Deal! (kopfschüttelnde Feststellung)

Resis Anruf aus der Schweiz fand ich immer wieder aufregend. Wohin würde es mich 1986 verschlagen? Meinen Wunschzettel hatte ich vor dem Trip nach Sri Lanka abgegeben:
Bulgarien – Jugoslawien – Griechenland.
Resis Stimme klang aufgekratzt:

„Freu dich, du gehst nach Slowenien!“

„Ok.“

„Nur ok? Hey, Ilona, du wolltest doch nach Jugo?“

„Ja, danke. Zumindest stimmt schon mal die Richtung.“

Das innere Chaos an Emotionen war wie ein tobender Wirbelsturm, der in der Herzgegend randalierte. Einerseits wurde meine Rastlosigkeit durch ein neues Ziel getröstet, andererseits nahm mir meine Zusage jegliche Freiheit des Handelns.

„Was, wenn wir die Heiratsgenehmigung mitten im Sommer erhalten, und ich bin in Slowenien gebunden?“, fragte ich Maya. Denn während der Saisonzeit hatten wir keinerlei Urlaubsanspruch.

„Vielleicht könnt ihr irgendwann heiraten, vielleicht *nicht*“, sagte meine Mamá und nahm mich in den Arm.

Ich war sicher, dass bei dem Wort ‚vielleicht‘ alle meine Blutadern implodiert waren. Aber ich starb nicht. Ich atmete offensichtlich noch.

„Zwischen euch ist nicht nur die Mauer. Eure Liebe hängt von der ganzen Absurdität des bulgarischen Regimes ab“, fuhr sie fort, „wir bewundern euer Zusammenstreben! Du musst nicht aufgeben. Aber du machst dich ganz verrückt, wenn du wartest, und das, ohne zu wissen wie lang. Daher ab mit dir nach Slowenien!“

Alle Reiseleiter hatten zwei Pässe. Während wir in einem Land tätig waren, mussten wir oft die Aufenthalts- und Arbeitsgenehmigung für das kommende Zielgebiet vorab beantragen. Diese Formalitäten übernahm Resi vorbeugend mit dem zweiten Pass. Meine Lösung für diesen Sommer mit flexibler Mobilität für den Fall der Fälle:

Pass Nr. 1   Genehmigung für Jugoslawien
Visum (Typ D)
Langfristiger Aufenthalt
Arbeitsgenehmigung

Pass Nr. 2   Genehmigung für Bulgarien
Visum (Typ C)
Kurzaufenthaltsvisum
Visum für die mehrfache Einreise

Mit abgestempelten Pässen fuhren wir wieder im Konvoi ab Frankfurt los. Diesmal nur 5 Fahrzeuge, 12 Kollegen. Das Ziel: Sozialistische Föderative Republik Jugoslawien. Der blockfreie Staat bestand damals noch aus sechs Teilrepubliken inkl. zwei autonomer Provinzen. Unser Chefreiseleiter Joan kam gebürtig aus Puerto Rico und war ein temperamentvoller Vollblut-Macho. Auf unserer ersten Rast kurz nach Salzburg teilte Joan seinen Aufteilungsplan mit:

„Unser Flughafen ist Pula. Von dort aus ziehen sich mehrere Urlaubsorte an der Küste der Adria entlang Richtung Norden. Habt ihr euch mit den Städten schon beschäftigt? Wünsche?"

Mir wurde Portorož (Rosenhafen) und das nebenan liegende Piran (Altstadt mit venezianischer Architektur) zugeteilt, und zwar zusammen mit dem 1.90 m großen

Guy, einem durchgehend gutgelaunten Lockenkopf aus Belgien. Das Glück war wieder an meiner Seite. Guy und ich wurden ‚best friends' und mehr (!).

Die Vielfalt des slowenischen Istriens imponierte und inspirierte uns. Ich war begeistert: Während Portorož mit einer lebhaften Promenade trumpfte, war Piran auf der Landzunge Punta eher verträumt. Eine Prise Mittelmeer versus kulturhistorisches Denkmal mit schmalen Gassen. Die Mischung war einzigartig. Meine Infomappe für die in einigen Tagen anreisenden Frühurlauber quirlte über vor lauter Tipps und Anregungen zu diesem Küstenstreifen. Eine Woche lang entdeckten wir im kühlen Frühlingssonnenschein die idyllische Kulisse der Region. Abends suchten wir uns immer ein anderes Lokal mit Blick auf die Bucht von Piran und dem offenen Meer. Dort kamen wir bei mediterranen Köstlichkeiten zur Ruhe, schrieben Ausflüge aus, debattierten über unsere kommenden Aufgaben und teilten die Hotels auf.

Während Guy in einer der Hotelanlagen an der Strandpromenade unterkam, hatte ich zwar keinen Meerblick, aber das Privileg eines Apartments mit Küche in einer Anlage mitten in einem Kiefernwald. Ein I-Tüpfelchen kam noch hinzu. Joan übertrug mir die Betreuung eines Hotels auf dem im nördlichen Binnenland gelegenen Gestüt Lipizza. Dort durfte ich einen festen Tag pro Woche inklusive Übernachtung vor mich hin träumen. Mir wurde hierfür eines der Firmenautos zugeteilt, was - für Guy und mich - ein Stück Mobilitätsfreiheit bedeutete.

Wir unternahmen unzählige Ausflüge auf der Halbinsel der azurblauen Adria zwischen Erdbeerbäumen (auch

Meerkirsche genannt), Weinbergen und Olivenhainen in einer fast mythologischen Landschaft voller Steinskulpturen, mittelalterlicher Küstenstädtchen und kulturhistorischer Denkmäler aus der Römerzeit. Dieser hügelige Fleck im Mittelmeerraum, wo es entweder nach Pinienbäumen, salzigem Meerwasser oder gegrilltem Fisch roch, strahlte mit seiner wellenförmigen Landschaft die absolute Entspannung aus. Istrien kam mir besonders friedlich vor. Unser neues Zuhause war ein Juwel Europas mit ca. 500 km Küste: das ‚blaue‘ Istrien voller (von klarem Meer umspülten) romantischer Buchten, und das ‚grüne‘ Istrien voller magischer Wälder und Naturparks.

Guys Freundin, eine holländische Reiseleiterin, arbeitete in Venedig. Während die Beiden sich fast wöchentlich besuchen konnten, hatte ich mit meiner getrennten Situation weiterhin zu ringen. Warum hatte ich mich nicht ganz einfach in Hector verliebt? Zwar sehr katholisch, aber er war greifbar. Ich lebte eine dosierte Liebe auf 1000 km Distanz mit gestörter Grenze. Pepe wurde indessen ins Gebet genommen. ‚Man‘ forderte ihn auf, seine Entscheidung zu überdenken. Und fragte ihn, ob er mir überhaupt vertrauen könne. Mein erster Brief mit dem fehlenden Dokument ist nie angekommen. Mit dem Zweiten, der tatsächlich zugestellt wurde, beugte sich Pepe wieder den Launen der lustlosen Beamten. Vorsichtige Nachfragen blieben wochenlang ergebnislos. Man prüfe, man müsse sich eben gedulden. Ansonsten passierte – nichts.

Lipizza, eine Ikone der Habsburgermonarchie, nur ein Kilometer von der italienischen Grenze entfernt, wurde mein Lieblingsort in Istrien. Der Weg dorthin führte durch eine bizarre weiße Karstlandschaft. Auf der Route überquerte ich einen tosenden smaragdgrünen Fluss.

„Ich lebe in einer Märchenlandschaft", schrieb ich Pepe.

Die Anfahrt zum Gestüt führte durch schönste Alleen an weißen Koppelzäunen entlang. Hier grasten die für ihre Stärke, Schnelligkeit, Ausdauer und ihr langes Leben berühmten weißen Lipizzaner mit ihren dunklen Fohlen, die erst in einem Alter von etwa 8 Jahren hell wurden. Lipizza züchtete bis Anfang des 19. Jahrhunderts die Hengste für die Spanische Hofreitschule in Wien. Danach mischte sich die Geschichte durch zwei Weltkriege ein, das Gestüt gehörte zwischendurch zu Italien, die Pferde wurden öfters evakuiert.

Ich versuchte bei meinem wöchentlichen Besuch abends rechtzeitig anzukommen, um die Parade der trabenden Einhufer zu sehen, wenn diese vom freien Gelände in die Stallungen zurück galoppierten und hinter sich eine riesige Staubwolke ließen. Mein ruhiges Zimmer hatte Blick nach hinten auf eine Golfanlage. Nur 10 km weiter lag Triest. Die Einrichtung war auf Pferdeliebhaber ausgerichtet. Ein Lederhocker hatte die Form eines Sattels, Aquarelle mit Lipizzanerkunst verzierten die Wände, eine Illustration erklärte alte Pferderassen, ein Buch mit der Geschichte des Gestüts ab 1580 lag auf dem kleinen Schreibtisch, und sogar das Klopapier pendelte an einem Hufeisen.

Guy und ich durften nicht am gleichen Tag vor Ort fehlen. Harry dagegen, ein Animateur unseres etwas südlich gelegenen Club 28, legte seinen freien Tag wie meinen, so dass wir zusammen etwas unternehmen konnten. Vor allem liebten wir es den Touristenblicken zu entkommen und unerkannt die Region der 16 Plitvicer Seen und deren glitzernde Kaskaden auf eigene Faust zu erkunden. Der größte und älteste Nationalpark Kroatiens mit perlenförmig aneinandergereihten Seen wurde in den 1960er Jahren durch die Karl-May-Verfilmungen bekannt. Harry kam sich selbst wie Winnetou vor, wenn wir im Kajak saßen, über Seen, Flüsse und Bäche paddelten und uns dabei, nebst aller Schattierungen von Grün, sonnten. In diesem hügeligen Karstgebiet befand sich eines der spektakulärsten Naturwunder der Erde. Vereinzelt trafen wir auf Radfahrer, Wanderer und Fliegenfischer. Zwar haben wir weder dort die angeblich lebenden Bären und Wölfe gesichtet noch den ‚Schatz im Silbersee‘ gefunden, aber wir liefen stundenlang glücklich über Holzplanken, entdeckten verwilderte Pfade und picknickten in Höhlen oder an rauschenden Wasserfällen.

. . . .

Ein krasses Ereignis torpedierte unsere Adria-Zauberwelt Ende April. Ich saß oft zum zweiten Kaffee nach den frühen Sprechstunden in unserem Lieblingshotel mit Blick auf das Blau. Bei so einer Aussicht ließen sich Beschwerden leichter bearbeiten und der Verkaufserlös von Ausflügen beschwingter ausrechnen. Das Buffet vom Frühstück wurde gerade abgeräumt als Guy hereinstürzte:

„Keinen Salat essen!“

„Schmeckt auch nicht zum Kaffee…“, grinste ich.

Erst als ich zu ihm hochschaute, realisierte ich seine Beunruhigung. Er hatte einen Anruf von seinem Vater aus Belgien erhalten:

„Ein Atomkraftwerk in der Ukraine ist explodiert! Radioaktive Stoffe sind durch das zerstörte Dach ausgeflogen, und brausen uns nun durch den Wind entgegen. Die abstrahlende Wolke zieht sich bis nach Mitteleuropa und zum Nordkap!"

„Bitte, was bedeutet das, Guy?" Jetzt war ich selbst erschrocken.

„Es läuft kontaminiertes Wasser aus dem Reaktor. Die Menschen der Gegend um Tschernobyl werden bereits evakuiert. Und jetzt kommt's: Das ist schon vor drei Tagen passiert! Gestern ist die radioaktive Wolke in Schweden angekommen, heute in Deutschland. Und jetzt erst meldet sich die TASS (sowjetische Nachrichtenagentur) zum Unfall. Wenn uns der schwarze Regen erwischt, ist Westeuropa verseucht! Adios Umwelt."

„Haben wir einen Notfallplan?", frage ich Guy.

„Wir sollten nur unsere Gäste informieren, denn über Gemüse oder auch Kuhmilch gelangt die Strahlung auch in den menschlichen Körper. Wir müssen aushängen, dass niemand bei Regen nach draußen gehen soll. Und wer sie dabei hat, soll Jod-Tabletten einnehmen."

Joan rief die Hoteliers an und empfahl Dosengemüse und H-Milch statt Frischprodukte. Staatspräsident Vlajković gab sich laut Joan gelassen. Es bestünde keinerlei Gefährdung für die Gesundheit. Wir befürchteten Halbwahrheiten um Panik zu vermeiden. Wir lasen 14 Tage nach der zweifachen Explosion über eine öffentliche Stellungnahme seitens Gorbatschow, der in einem Fernsehinterview betont haben sollte, dass es sich um ‚außergewöhnliche Ereignisse‘ handelte. Der Unfall sei überschaubar gewesen. Die Opfer der Katastrophe wurden damals mit keinem Wort erwähnt!

Heute schauen wir auf die größte Nuklearkatastrophe der Menschheitsgeschichte zurück. Viele Menschen, die als Feuerwehrleute die Brände im Atomkraftwerk löschen mussten, oder beim Bau des Betonsarkophag um den explodierten Block 4 dabei waren, starben. Andere, geschätzte 600.000 Menschen, die an den Aufräumarbeiten beteiligt waren, erkrankten wenig später an Krebs. Dieser Super-GAU führte zum beginnenden Ausstieg aus der Atomkraft.

. . . .

Es war Ende Juni (der vollständige Antrag lag nunmehr über ein halbes Jahr zur Prüfung beim Standesamt in Sofia aus), als Pepe mich anrief:

„Wir können heiraten!“

„Waaaaas? Wann?“
„Morgen!“, lachte er.

„Ich komme!“, schrie ich lauthals zurück.
Herzklopfend meldete ich mich bei Joan:
„Ich brauche einige Urlaubstage.“

Joan wollte wissen warum ich unbedingt, mitten in der Saison, weg musste und zögerte. Als ich ihn über die monatelang ersehnte Genehmigung aufklärte, ließ er locker:

„Ok, du hast zwei Tage, Ilona. Am Samstag musst du zurück sein. Und du kannst das Auto nicht nehmen, die Versicherung gilt nur für unser Zielgebiet."

Samstags hatten wir Show-Abend für unsere Gäste und wir (6 Reiseleiterinnen als Revuegirls verkleidet) eröffneten hüpfend das Spektakel mit einer grotesken Can-Can Tanzperformance. Die Show bestand aus Tanz, Theater, Maskerade und sonstigem seltsamen Happening, wobei ich auch mit Guy ein komisches Theaterstück aufführte. Ich war eine laut singende Putzfrau, die ‚life is life!‘ grölend die Bühnentreppe runter wischmoppte, während Guy als weiße Skulptur posierte, die ich staubwedeln sollte und die sich zum Gelächter des Publikums umstellte, wenn ich nicht hinschaute. Wie flachwitzig! Wir waren nicht nur laienhafte Akteure, die zweitrangige Kunststücke präsentierten, wir waren auch amateurhafte Poeten mit dilettantischem Humor. Diesen Abend gestalteten mehrere von uns zähneknirschend widerwillig. Es gehörte aber nun mal unter dem Motto ‚alles, was den Gast glücklich macht‘ (und was unseren Arbeitgeber bereichert) zum Job. Teamleader an diesem Abend war Harry, ein wirklich engagierter Animateur.

„Ich schaffe das", sagte ich zu Guy,
„ich fahre die Nächte durch."

Während er die Sprechstunden unserer Hotels umorganisierte, besorgte ich mir ein Fahrzeug. Laut unserer

Agentur gab es keine passenden Flüge oder Busse. Eine Bahnstrecke quer durch das Land existierte damals noch nicht. Ich mietete einen kleinen roten Renault R5 und fuhr an einem Mittwoch am späten Nachmittag nach getaner Arbeit los. Die Tausendundein km von Portorož nach Sofia (via Zagreb und Belgrad) entschwanden vor lauter Aufregung mühelos ins Dunkel der Nacht. Ich fuhr spannungsgeladen Pepe entgegen. Koffein und Adrenalin mobilisierten meine Energiereserven. Ich kam beschwingt an, vom Schlafdefizit keine Spur.

Der Donnerstag war gefüllt mit Gesprächen und Untersuchungen. Minutiös schienen die Genossen jedes Detail aus den Dialogen zu protokollieren und in die volkseigene Schreibmaschine zu hacken. Pepe erklärte:

„Wir lieben uns. Ganz einfach. Ich will mein Leben mit ihr verbringen."

Ein Beamter wirbelte mit dem Zeigefinger in der Luft und entgegnete:
„Die Heirat berechtigt nicht zur Ausreise!"

„Dann leben wir hier!" Nichts kann uns separieren, dachte ich, auch nicht diese plumpen Gestalten hinter maroden Schreibtischen.

Die meisten jungen Menschen dieses Landes richteten ihre Hoffnungen in die Ferne. Ich glaubte mittlerweile auch nicht mehr, dass uns das Leben in Bulgarien Perspektiven bieten würde. Dennoch hofften wir auf eine/unsere gemeinsame Zeit, und zwar egal wo. Wenn ich Pepe fragend anschaute, kreisten meine Gedanken. Ich hatte Hummeln im Hirn. Es war völlig sinnlos über das, was nicht zu ändern war, zu grübeln. Hinzu kamen an diesem Donnerstag Momente, die noch weniger angenehm als die Fragerei waren: Obwohl ein Gesundheitszeugnis inkl. Aids-Test und Untersuchung auf Geschlechtskrankheiten aus Deutschland (übersetzt und beglaubigt) vorlag, musste ich weitere Expertisen durch bulgarische Ärzte über mich ergehen lassen. In einer medizinischen Einrichtung wurde aufgrund ‚Volksgefährdung' ein Check-up angeordnet. Ging Pepe mit mir ein Risiko ein? In der Hämatologie wurden bei mir Blutbildungsstörungen gesucht. Es folgte eine Urinuntersuchung. Ein Facharzt für Innere Medizin entschlüsselte meinen intakten Blutzuckerspiegel. Ich wünschte, ich hätte dieser tagesfüllenden abartigen Aktion widersprechen können, aber ich musste es stillschweigend billigen und jede fremde Hand an meinem Körper zulassen. Ich war zu weit um umzudrehen. Es sollte vermieden werden, dass sich ein bulgarischer Bürger mit Hepatitis-B, Chlamydien oder HIV ansteckte. Auch der Funktionsstatus meiner wichtigen Organe wurde bespitzelt und sogar eine Zahnuntersuchung blieb nicht aus. Mein Geist räumte erst Wochen später diesen Tag auf.

Obwohl ich mich selbst in der vergangenen Nacht bis an meine Leistungsgrenze gepusht hatte, war an diesem Tag nicht daran zu denken den anklopfenden Schlafmangel wieder auszugleichen. Erst am frühen Abend kamen wir zur Ruhe, wobei wir die erhaltene Freigabe zur Trauung beflügelt feierten. Dabei schüttelten wir die Demütigung dieses vergisswürdigen Donnerstages ab. Das Ausharren der Schikane und die endlosen Formalitäten hatten wir überstanden. Es war eine unglaubliche Befreiung für uns beide, die gleichzeitig auch etwas Ohnmacht und Angst für den kommenden Tag erzeugte. Denn wie das Standesamt entschied, unterlag der Willkür.

Am Freitag, den 27. Juni 1986, Siebenschläfertag, setzten wir das Ost-West-Handicap Schachmatt.

Wir übernachteten bei Adrianas Freund Aleko im Zentrum der Stadt. Beide wurden erst am Tag zuvor von Pepe darüber eingeweiht, dass sie als vertrauliche Trauzeugen vorgesehen waren. Frühmorgens holten wir Malin von der Plattenbausiedlung ab, der nicht wusste, wohin es ging und sich wunderte, dass ich schon wieder in Sofia war. Pepe offenbarte ihm während der Fahrt unseren Plan. Malin zappelte auf dem Rücksitz und fand die Absicht klammheimlich zu heiraten aufregend. Die Eltern dagegen wurden über unser bevorstehendes förmliches Bündnis nicht in Kenntnis gesetzt.

Die Trauung fand in einem nüchternen Raum im zentralen Standesamt der Stadt durch einen Republikdiener statt, der wohl an dem Morgen Indifferenz gefressen hatte. Unpersönlich, emotionslos, fast apathisch las er seinen Text runter. Wir dagegen waren aufgedreht und belustigt über unseren Durchbruch.

Die ‚Zeremonie‘ bestand darin, dass wir vor dem schrulligen Standesbeamten unser gegenseitiges Einvernehmen deklarierten. Jedes Mal, wenn Pepe mich am kleinen Finger zog, musste ich laut „Да!“ (Ja!) ausrufen. Wozu ich in dem Moment zusagte, weiß ich nicht. Was ich danach alles unterschrieb, weiß ich auch nicht. Lauter Papiere mit kyrillischen Schriftzeichen aalten sich auf dem Tisch. Ich unterzeichnete alles. Es hätte ein Kaufvertrag, eine politische Erklärung, sogar ein Geständnis sein können. Pepe übersetzte mir einige Absätze wie zum Beispiel die ‚Zur Kenntnisnahme' dass unsere Heirat uns nicht zur Ein- oder Ausreise legitimierte.

Obwohl sich das ganze Verfahren wirklichkeitsfern anhört, war die fragwürdige Abfolge des Prozesses real.

Inzwischen sind revolutionäre 35 Jahre vergangen, der Kommunismus in Mittel- und Osteuropa ist zusammengebrochen. Seit dem Fall der Mauer 1989 wächst ein stabiles friedliches grenzenloses Europa. 1995 folgte das Schengener Abkommen: Reisende konnten ab dann die Grenzen ohne Passkontrolle überqueren. Wenn es um Sicherheit und Verteidigung ging, handelte dieses Europa nun gemeinsam. Neu waren Wörter wie Binnenmarkt, Staatenverbund, Supranationalismus. 2007 trat Bulgarien in die EU ein. Im Jahr 2012 erhielt die Europäische Union den Friedensnobelpreis!

Solch ein Verlauf der Geschichte war nicht im Entferntesten denkbar. Sperrzone, Fluchtversuche und Todesschüsse dagegen waren in den Köpfen eingewurzelt. Das Regime, das sich in die (aller-) persönlichsten Angelegenheiten von Menschen einmischte, war noch nicht zusammengebrochen.

Pepe rief Maya und Samu an:

„Hier spricht euer Schwiegersohn!"

Mein Papá erzählte später, er habe nach dem Auflegen auf dem Flurteppich eine Rolle vorwärts geschlagen.
Wir feierten unsere Trauung mit Malin, Adriana, Aleko und Pepes Freund Niko, von dem ich später erfuhr, dass

er unseren Antrag beeinflusst hatte. Er kannte einen der Verwaltungsbeamten.

Nicht weit vom Stadtzentrum Sofias entfernt, mitten im Wald des Witoscha-Gebirges, befand sich das Restaurant Воденицата (Die Wassermühle). Die Gerichte der bulgarischen Naturküche und die Weine des Hauses waren berühmt.

Als Appetizer gab es natürlich Schopska-Salat und Kyopolou, ein Auberginen-Paprika-Mouse auf (typisch bulgarisch) lockerluftigem Weißbrot. Während Adriana und ich uns aufgrund des warmen Sommertages für Tarator (die kalte Suppe aus Joghurt mit Gurken und gehackten Walnüssen) entschieden, bestellten die Männer unserer Runde enthusiastisch als festliche Speise geschmorte Lammköpfe. Es kamen also vier Teller mit vier Köpfen an unseren Tisch. Mit Hirn, mit Augen! Köpfe mit heraushängender Zunge an Kartoffeln und Rotwein-Rosmarin-Sauce. Erst als die extreme Kopf-Verkostung zu Ende geschlemmt war und der Garasch-Kuchen serviert wurde, habe ich meine jodelnde Stimme wieder gefunden.

Nach dem Schmaus fuhren wir in Alekos Wohnung und Adriana drehte Rock 'n' Roll auf, zu dem wir völlig ausgelassen albern tanzten. Als die Sonne unterging kochte Adriana für alle einen türkischen Mokka während Pepe den R5 checkte. Um 21 Uhr fuhr ich als verheiratete Frau zurück nach Istrien.

Auf dem Weg zur Grenze überkam mich direkt das inzwischen gründlich bekannte Gefühl des Trennungsschmerzes. Im schlimmsten Fall würden wir unser Leben lang hoffen, dass wir auch den nächsten Schritt reali-

sieren könnten: Eine gemeinsame Zukunft. Bisherige Belastungsproben hatten wir mit Entschlossenheit ertragen und bezwungen. Nun die kleine Sensation:
Die Ehe war in Bulgarien eintragen!

Ich neigte nie dazu mein Glück zu überschätzen, sondern lebte eher nach dem Motto: Glücklich sein ist kein Zufall. Glücklich sein heißt zu wollen, was man bekommt. Und egal, wie alt du bist, du kannst dein Glück beeinflussen! Überall lauern Glücksmomente, überall auf der Welt! Immer!

Pepe sagte mal: „Es wird bei uns zu wenig geträumt."

Da musste ich ihm Recht geben. Bulgarien war kein Ort, an dem Träume gedeihen konnten. Man dachte immer nur daran, wie man dem entmutigenden Regime entkommen könnte. Die Menschen waren seit der Absetzung von Zar Simeon 1946 - und damit Beendigung der Monarchie - mörderisch träge geworden. Bulgarien wurde zur Satelliten-Nation: kleiner, scheinbar unabhängiger Staat, der der Großmacht UdSSR untergeordnet war.

Es sind Sehnsüchte, Träume und persönliche Aufgaben, die uns im Leben motivieren, begeistern und erfüllen. Ohne Ziele oder Sehnsüchte irrt man auf einem Pfad der Langeweile. Pepe hatte seine Einstellung zu den Dingen in den letzten Monaten geändert und strebte nach Veränderung. Die schwierigen Phasen sahen wir beide nicht als unbezwingbare Rückschläge, sondern als prickelnde Herausforderungen. Auch Pepe wollte Begeisterung statt Mittelmäßigkeit und fokussierte seine Gedanken auf uns. Er schraubte (nicht nur an Oldtimern, sondern auch) seine Erwartungen hoch.

Unsere Liebe bewies ihm, dass Erreichbarkeit von Zielen realistisch sein konnte. Es war für uns keine Kunst, Zweifel zu überwinden, weil wir unsere Ziele konsequent verfolgten. Jetzt, nach der Heirat wussten wir erst recht:

Wir hatten das Glücklichsein fest in der Hand.
Die Gedanken bestimmten unsere Emotionen.

Die Grenze Richtung Westen zu passieren, ging immer schneller als in den Osten rein. Dennoch wurde ich (natürlich) angehalten. Wie immer: Unangenehme Fragen, Abtastung und eine ausführliche Untersuchung des Fahrzeuges, diesmal mit Taschenlampe. Jedes Mal beim Vorfahren an diese Grenze changierte mein Blutdruck zwischen hoch und niedrig. ‚Lächle', sagte ich zu mir ‚der Zöllner merkt nicht, ob es sich um ein echtes Lächeln handelt.'

Als ich den Stacheldraht und die Beobachtungstürme nicht mehr sah, hielt ich an. Ich brauchte dringend Schlaf, bemerkte ein pauschales Energietief. Mich verfolgte noch die durchgefahrene Nacht von der Hinfahrt und in Sofia hatte ich weder meine Akkus aufladen noch an Ruhe denken können. Ich legte mich auf die Rückbank und wollte nur ein Weilchen die Augen schließen. Die Gedankten kreisten: Nur noch 950 km! Ich bin verheiratet. Scheißunbequem hier. Es roch nach Pepe. Ich sah Lammköpfe. Adriana tanzte Rock ‚n' Roll. Zahnuntersuchung. Grenzposten. Mist! Der R5 ist zu klein. Kaffee? …

Ich konnte partout nicht schlafen. Also fuhr ich weiter. Und ich sprach mit mir, motivierte mich laut mit Worten, wie „ich will, ich kann, ich werde!", mit Fuß am Gas tre-

tend und Arm aus dem Fahrzeug hängend, Fenster
auf/zu, und ich grölte zusammen mit Phil Collins:

♫ ♪ Su-Sus-Sudio-o-o ♫ ♪

Als ich zu mir kam, befand ich mich eingequetscht im
Renault. Vom Aufprall geweckt. Überall hatte ich Glas-
splitter, alles war voller Blut, offene Brüche, die Jeans
zerrissen, meine Oberschenkelknochen standen aufge-
splittert ab, Muskeln und Bindegewebe waren verletzt.
Ich schrie (auf spanisch) um Hilfe, dabei sprangen bereits
entsetzte Gesichter um das Fahrzeug herum und versuchten mich mit Brechstangen zu befreien. Der R5 war
Schrott und ich bestand aus Bruchstücken.

Da ich in Ohnmacht fiel, kann ich mich nicht an die
Rettung an sich erinnern. Später erst erfuhr ich von
Infektionsgefahr, Trümmerbruch, abgerissene Sehnen,
und der Diskussion unter den Ärzten, die mehrheitlich
für eine Amputation abgestimmt hatten.

Ich war 5 km vor meinem Ziel in einen mir entgegen-
kommenden Kleinbus ungebremst reingesaust. An die
letzten gefahrenen Kilometer kann ich mich nicht erinnern, daher weiß ich nicht wie lang die blinde Strecke
war, die ich zurückgelegt hatte. Ob Sekundenschlaf, kurz
eingenickt oder komplett am Steuer eingeschlafen, blieb
ungeklärt.

Die Oberschenkelknochen sind die kräftigsten Knochen
des Menschen und brechen für gewöhnlich nur durch
eine Hochrasanzverletzung. Trümmerbruch: Das hieß,
dass durch den Unfall eine Vielzahl von einzelnen Kno-
chenfragmenten vorlag. An diesem Samstag hatte (der

vor Kurzem approbierte) Dr. Jože Karlović im Hospital in Izola Wochenenddienst und setzte sich gegen seine Kollegen durch.

„Ich operiere!", bekräftigte er gegenüber der Mannschaft, die, aufgrund der Gefahr einer Verblutung, die beidseitige Amputation befürwortete.

Damit riskierte Dr. Karlović seine Stellung und/aber rettete meine Beine! Die erste Aufgabe war eine Reposition: Die Knochenbruchstücke wurden in ihre ursprüngliche anatomische Position gebracht. Es folgte eine mehrstündige Platten- und Marknagel Osteosynthese (Knochenverbindung). Dabei ging es nicht nur um das Splitter-Puzzle, auch die Haut und die Weichteile waren verletzt. Zig Schrauben, Platten, Nägel und Drähte kamen zwecks innerer Knochenfixation in beide Oberschenkel. Auch die Schenkelhalsbrüche wurden mit langen Hüftschrauben gesichert. Später erfuhr Maya, dass es zu erheblichen Blutverlusten von ca. drei Litern gekommen war, was zur Folge einen lebensgefährlichen Schockzustand hatte. Ich verfiel einige Tage ins Koma. Tiefe Bewusstlosigkeit setzte normale Reflexe außer Gefecht. Die ersten Tage war ich jedenfalls dem Tod näher als dem Leben.

Als Maya eintraf (Joan hatte sie eingeflogen) war ich, bereits stabilisiert, bei wachem Bewusstsein und lag sediert in einem kleinen Observationsraum mit einer Glasfront zur restlichen Welt. Dank Psychopharmaka schwebte ich angstfrei mit ausgeschaltetem Schmerz auf einer warmweißen Wolke. Kurz bevor Maya kam, hatte Guy nach mir gesehen und gestikulierte aufgeregt hinter der Scheibe. Ich sollte den Telefonhörer neben meinem Bett abheben.

„Du hast deine Füße bewegt!", schallte es an meinem Ohr. Interessant, denn ich spürte weder Füße noch Beine.

Als Maya dazu kam, übernahm sie den Hörer, weinte und sagte: „Pepe ist auf dem Weg!"

Ich erfuhr dann, dass ich zwecks intensivmedizinischer Versorgung und künstlicher Ernährung noch einige Tage in dem Observationsraum bleiben müsste. Blutdruck, Herzfrequenz und Körpertemperatur wurden streng überwacht. Sobald es aber möglich wäre, sei ein Transfer nach Bochum geplant. Joan organisierte eine 4er Sitzreihe in einem unserer Charterflüge. Ich musste liegend fliegen, da Plattenosteosynthesen nicht belastungsstabil sind. Was ich nicht wusste: Bis zur Teil- und später Vollbelastung sollte es Monate dauern und mehrere Operationen erfordern.

Dr. Karlović klärte Maya über Retention und Rehabilitation auf. Retention: Der gerichtete Bruch wird so lange in der gewünschten Stellung gehalten, bis er knöchern verheilt ist. Rehabilitation: Durch aktive Übungen werden weitere Funktionsverluste vermieden, bzw. die ursprünglichen Funktionen wieder hergestellt.

Es ist ein Teil des Lebens, Hindernisse zu haben.
Es geht darum, diese Hindernisse zu überwinden;
das ist der Schlüssel zur Glückseligkeit.
~ Herbie Hancock ~

Einschlafen am Steuer ist eine Straftat.

Die Verkehrsunfallanzeige, die bei Samu eintraf, war beängstigend. Schließlich hatte ich das Leben anderer Menschen gefährdet. Mein Glück war, dass die Insassen des Kleinbusses, mit dem ich kollidiert war, höher saßen und mit kleineren Verletzungen davon gekommen waren. Dennoch: ich hatte ein schwerwiegendes Straßenverkehrsdelikt begangen, das zur Folge eine Anzeige wegen fahrlässiger Körperverletzung und Gefährdung des Straßenverkehrs hatte. Der Strafrahmen lag bei einer Freiheitsstrafe bis zu drei Jahren und/oder einer Geldstrafe.

Während sich Samu um die zu übersetzende Korrespondenz zwischen Polizei, Versicherungen und Jugoslawischer Staatsanwaltschaft von Zuhause aus kümmerte, organisierten Maya und Pepe, der inzwischen eingetroffen war, den Transport von Izola nach Bochum. Tägliche Gespräche mit Dr. Karlović gaben Mut und Zuversicht.

Milla und Ivan hatten über unsere Eheschließung Wind bekommen, und zwar durch das Telegramm, das Samu an Pepe gesendet hatte und Milla in Empfang nahm. Darin stand:

DEINE FRAU ILONA ERLITT BEI VERKEHRSUNFALL
JUGOSLAWIEN SCHWERE VERLETZUNGEN STOP
LIEGT NACH OPERATION INTENSIVSTATION
KRANKENHAUS IZOLA ISTRIEN STOP KOMME
BESTEHT LEBENSGEFAHR STOP UMARME DICH
SAMU.

Natürlich hatten sie (Samu und Pepe) inzwischen miteinander telefoniert, allerdings brauchte Pepe zwecks
Ausreisegenehmigung etwas Schriftliches. Sein Visum
beschränkte sich auf eine Woche Jugoslawien.

Als ich einige Tage später in eines der Krankenzimmer
der Traumatologischen Abteilung verlegt wurde, standen
nicht nur Maya und Pepe da, sondern auch die Polizei.
Die Verwirrung war groß. Die Fragen waren viele:
Warum zwei deutsche und ein chilenischer Pass, dazu
noch Personalausweise der beiden Länder, Führerschein
aus Spanien, Arbeitsgenehmigung für Jugoslawien, ein
gemietetes Fahrzeug, Heiratsurkunde aus Bulgarien?
Nach dem Verhör tauchte Dr. Karlović stimmungs-
erheiternd auf. Seine Botschaft lautete:
Samstag Transportfähigkeit!

Ein Rettungswagen fuhr mich direkt an die Gangway
zum Flieger. Pepe durfte mit seinem Fahrzeug mit auf
das Flugfeld und fand es aufregend zum ersten Mal selbst
auf der Piste zu fahren. Wir kicherten die ganze Zeit, und
so vergaß ich, dass die Prozedur ein weiterer Abschied
bedeutete. Ich wurde hoch- und reingetragen, bevor die
restlichen Passagiere Platz nahmen. Pepe winkte und
warf tausend Küsse hoch. In Düsseldorf wartete die
nächste Ambulanz für die Fahrt nach Bochum, während
Pepe wieder die Autoput Richtung Sofia durchquerte.

Im Bochumer Krankenhaus fand die sekundäre Therapie statt: Neue Untersuchungen, Infektionsbehandlung und weitere Operationen. Die zweite OP war notwendig, da sich eine dynamische Schraube selbständig gemacht hatte. Bei der neuen Verschraubung wurde gleichzeitig eine Torsionskorrektur vorgenommen. Die dritte OP musste aufgrund ausbleibender Knochenheilung gemacht werden. Man musste zusätzlich Knochengewebe aus dem Beckenknochen in den Oberschenkel übertragen. Das alles bedeutete wochenlanges Liegen mit (auf Schienen) 90° hochgestellten Beinen. Der Versuch mich hinzusetzen war noch lange abwegig.

Endlich – irgendwann – bildete sich der Kallus (das neue Knochengewebe) und bei weiteren Röntgenaufnahmen entdeckten die Ärzte, dass ich außer der Trümmerfraktur ein Polytrauma hatte, also gleichzeitige Verletzungen in mehreren Körperregionen, die sich ungeachtet von selbst heilten. Die Klavikula-Fraktur (gebrochenes Schlüsselbein) galt als harmlose Bagatellverletzung und wurde viel später in einem Rucksackverband ruhig gestellt. Die heutige Schlüsselbeinfehlstellung ist mein liebster Wetterfrosch. Aber auch andere meiner Gelenke können seitdem Regen, Gewitter und Co bestens voraussagen. Nach etwa zwei Jahren wurde eine (und ein halbes Jahr später die zweite) Platte inkl. Schrauben operativ entfernt.

Mit einem weiteren Telegramm teilte Samu Pepe offiziell mit, dass ich aus Istrien rausgeflogen wurde. Damit beantragte Pepe sein Visum für Deutschland, welches vorerst im Pass wiederum eingeschränkt wurde, und zwar ‚nur für den Besuch der Ehefrau im Krankenhaus‘.

Dies war der Beginn von Pepes Aufenthalt in Deutschland. Dass wir beim Standesamt in Sofia beide unterschrieben, dass uns die Heirat nicht zur Ausreise berechtigt, regelte nun eigenmächtig das Schicksal.

Ein Advokat teilte die Entscheidung des Übertretungsrichters aus Istrien betreffend meiner Strafe mit, mit welcher ich für schuldig erklärt wurde. Abgesehen von einer Geldbuße war ich natürlich auch verpflichtet die Verfahrenskosten zu tragen.
Er hoffe, dass ich mich von den Verletzungen erholt habe, und dass ich bald wieder nach Istrien käme. Die Angelegenheit sei beendet, ich sei genug bestraft, so dass keine Freiheitsstrafe folgen würde.

Durch die liebevolle Unterstützung seitens Maya, Samu und Pepe konnte ich nach Entlassung des Krankenhauses (mit Ungeduld, aber Zähigkeit) den Prozess der täglich steigenden Teilbelastung bis zur vollständigen Heilung aushalten. Ich verlor oft die Selbstbeherrschung. Pepes Besonnenheit und Aufmerksamkeit waren unerschöpflich: er duschte mich, hob mich vom Bett, setzte mich in den Rollstuhl, auf die Toilette, etc. Zu Neujahr - ein halbes Jahr nach dem Unfall - tat ich meine ersten Schritte allein. Wir waren mit Freunden in Holland, und Pepe mietete ein Tandem an, auf welches er mich hinter sich platzierte. Ich trampelte mit, konnte aber noch nicht allein gehen. Und dann, beim Abstieg, ließ ich los und watschelte wie eine Ente zur Haustür.

Ein Arzt in Bochum stellte mir danach eine Bescheinigung aus, bei welcher er einen Aufenthalt auf Teneriffa unterstützte, da bei den dortigen Temperaturen eine aktive Bewegungsbehandlung nützlich sei. So verbrachten Pepe und ich einige Winterwochen bei Lisa. Eine Schwimmtherapie und das Gehen auf Sand stärkte die schlaffen Muskel und stabilisierte die Gelenke.

Im kommenden Jahr entschieden Pepe und ich nach Köln zu ziehen, wo er sich als Student in der Fachhochschule einschrieb. Ich fand einen Job bei einer Autovermietung am Flughafen. Nur aufgrund des Unfalls hatte sich unser Zusammensein ergeben.

Die jeweiligen Aufenthaltsgenehmigungen für Pepe wurden bedenkenlos verlängert. Wir bauten uns eine überraschend sorglose Zukunft auf. Mit einem Ford-Transit, den Pepe in den chilenischen Farben blau-weiß-rot lackiert hatte, pendelten wir oft nach Sofia und zu unserem geliebten Goldstrand rüber.
Pepes Motto lautete:

„Wenn Du glücklich sein willst, dann sei es."
~ Leo Tolstoy ~

Durch eine Invaliditätsentschädigung meiner schweizerischen Unfallversicherung konnten wir ein Fachwerk-Häuschen erwerben. Wir liebten unser Leben auf dem Dorf, das Studium in der Stadt, die Arbeit am Flughafen. Besonders ich liebte unser Leben. Ich liebte uns. Pepe reichte mir völlig aus. Und ich wollte nicht, dass sich das ändert. Wir wurden durch Zufallswege zusammengeführt, waren durch unsere unerschöpfliche Kraft zusammengeschweißt. Vor uns lagen unendliche Möglichkeiten. Wir wälzten uns in ‚grenzenlosen' Gelegenheiten. Das könnte man sogar vom Mond aus sehen! Pepe hatte ein tiefes Verständnis dafür, was mir gut tat. Er war mein Jalapeño. So wie die Schote ans Essen gehört, so gehörte Pepe in meine Vita. Ein Leben ohne Jalapeño war mir undenkbar. Er war mein Fernweh-Stiller und meine Oase der Ruhe. Lebenslänglich. So dachte ich. An einem Ort, wo Grillen zirpten. Wir kauften uns Agaporniden: unzertrennliche ‚Liebesvögel‘ als Zeichen unserer Verbundenheit. Später kam Max dazu, unser schokobrauner Rauhaardackel.

Woran also sollten wir scheitern? Welche Dysbalance des Lebens konnte Pepe und mich, die füreinander bestimmt waren, entzweien?

„Denkst du wieder nach über Kinder nachzudenken?"

Anscheinend waren meine Eierstöcke mit Ablaufdatum geliefert worden. Oder ich sollte für den Abort bestraft werden.

Wir scheiterten daran! Daran, dass ich nicht schwanger wurde. Bemühungen wurden zum Thema. Erst überließen wir es dem wilden Zufall. Dann konzentrierten wir uns auf die fruchtbaren Tage. Wir nahmen uns Zeit. Ich führte einen Eisprungkalender, und schluckte Jod, Magnesium, Vitamin D. Der Frauenarztbesuch, Blutbilder und die Check-ups gehörten bald zum Alltag. Wir übten Stellungen, bei denen wir den Spermien den Weg erleichterten. Ich ließ Alkohol und Kaffee. Wir untersuchten uns auf Infektionen. Es lagen auch keine organischen Störungen der Geschlechtsorgane vor. Aus der Hoffnung wuchs psychischer Stress. Unser Arzt brachte die Idee der In-Vitro-Fertilisation ins Rollen. Es folgten drei künstliche Befruchtungen. Dabei wurden Eizellen bei mir entnommen und im Reagenzglas mit Spermien von Pepe zusammengebracht. Die Befruchtung findet also in vitro (im Glas) statt. Anschließend wurden befruchtete Eizellen in meine Gebärmutter gesetzt. Danach hofften wir, dass sich mindestens eine der Eizellen in der Gebärmutterwand einnistete. Dies geschah nicht. Eine konkrete Antwort haben wir nie erhalten. Ob es eine eileiterbedingte Unfruchtbarkeit oder eine Fehlbildung der Eierstöcke war, oder ob mein Immunsystem die Keimzellen von Pepe bekämpfte, wissen wir nicht. Bei der dritten Befruchtung wurde festgestellt, dass meine Eizellen ‚allergisch' auf Pepes Spermien reagierten.

„Ich kann so nicht leben."

Dieser Satz von Pepe führte zur Trennung. Fünf Wörter, ausgesprochen. Nicht umkehrbar. Sekunden, die nach 15 Jahren für eine Wende sorgten.

Was kann in Sekunden schon passieren? Wörter können fallen. Dann folgen Entscheidungen, Begebenheiten und Entwicklungen. Ich fühlte mich wie ein Kolibri, der seinen Schwirrflug mit einer hohen Frequenz von bis 50 Flügelschlägen pro Sekunde ausführte. Ich flog auf der Stelle.

Nun gingen wir getrennte Wege. Dass die schwerste Lektion im Leben das Loslassen ist, wusste ich bereits. Solang das Seil fest gespannt war, konnten wir darauf balancieren. Aber nun war es gerissen. Da half keine Balance. Insofern liegt in der Liebe eine unglaubliche Zumutung an die Menschen. Wir können jederzeit aus dem Himmel in den Abgrund stürzen, und ich kenne keinen größeren Schmerz. Was blieb nach der Trennung? Eine Kiste voller Erinnerungen und die Gewissheit, dass es schwer ist, die Vergangenheit hinter sich zu lassen. Ich *will* es auch gar nicht. Ich hole mir die Vergangenheit manchmal in den Tag rein, und zelebriere sämtliche Zufallswege des Lebens. Die Erinnerungen halte ich dogmatisch fest. Ich lasse auch gerne ihr taktloses Übergewicht zu. Mich tröstet die Erkenntnis, dass sie sich im Wesentlichen nicht verändern. Daher gebe ich der Erinnerungsschleife lebenslänglich Wohnrecht in meinen Gedanken.

Loslassen bedeutet, dass wir die Verbindung mit dem, was uns festhält, abbrechen. Es ist aber weder eine Person oder eine Situation, die uns festhält. Es ist unsere eigene Verbundenheit damit. Und Verbundenheit (die emotionale Bindung) ist ein Gefühl der Zusammengehörigkeit: Wir fühlen uns geliebt, geborgen, gehalten. Und das kann der Tod uns nicht nehmen. Warum sollte man sich also davon lösen? Gutgemeinte Ratschläge, wie „Du musst loslassen!" beeindrucken mich nicht. Ob man los lässt oder nicht ist eine sehr private Angelegenheit.

Pepe ist mit 55 (keine 5 Jahre nach Lisa) ebenfalls an Krebs verstorben. Ich begann schon Jahre zuvor Bücher über das Leben nach dem Leben zu lesen. Denn sie, die Verstorbenen, sind – davon bin ich überzeugt – noch da. Ich sehe sie überall. Ich mochte zwar zeitweise nicht glauben, dass ich ihr Lachen nie wieder hören würde, aber manchmal träume ich davon. Greifbar nah. Dann sehe ich Lisa barfuß im Garten Blumen gießen und mit ihren Hunden toben, während Pepe pfeifend an einem

Oldtimer schraubt und mit Dackel Max die Hunde der
Nachbarschaft analysiert.

Elisabeth Kübler-Ross schreibt in ihrem Buch ‚Über den
Tod und das Leben danach‘ der Tod sei wie das Heraus-
treten des Schmetterlings aus dem Kokon.
Mit dem Verlassen des Kokons gelangen wir in eine
andere Dimension. Man befindet sich dann in einem
anderen Sein, in welchem es keine Zeit mehr gibt. Das
Sterben sei nur ein Übergang in eine andere Form des
Lebens, schreibt sie.

Wenn ich den Menschen in meinem Leben Farben
zuordnen sollte, dann wäre Pepe definitiv meine Farbe
Rot. In abendländischen Kulturkreisen steht Rot für
Feuer, Hitze und Leidenschaft.

„Ich hatte schreckliches Glück in der Liebe“, sage ich
immer, wenn man meine Seele befragt. Mein Herz ist
heute voll kleiner glatter Brüche.

Der Tanz des Lebens heißt nicht Rumba, Cha-Cha-Cha
oder Paso Doble. Der Tanz des Lebens heißt ‚Zufall‘.

So viele wunderbare Jahre.

Nicht annähernd genug.

Die Zeit ist nur ein leerer Raum,
dem Begebenheiten, Gedanken und
Empfindungen erst den Inhalt geben.

~ Wilhelm von Humboldt ~

ORTE

Rinderfarm   Rittergut ‚PINIA'
Ostpreußen   (Pinia, polnisch: Kiefer)

Rinderfarm   Rancho ‚LA PAZ'
Patagonien   (La Paz, spanisch: Der Frieden)

TOURISTIK

Resi (Reiseleiterzentrale)

Bulgarien	Boj	RL aus Belgien
	Bojan	Kellner Strandbar
	Christo	Oberkellner Hotel
	Laura	Rezeption Goldener Anker
	Hendrik	RL aus Holland
	Manolis	RL aus Griechenland
	Oskar	RL aus Österreich
	Urs	CRL aus der Schweiz
Jugoslawien	Guy	RL aus Belgien
	Harry	Animateur aus Deutschland
	Joan	CRL aus Puerto Rico
Kenia	Daniel	RL aus Frankreich
	Simba	Koch
Teneriffa	Carlo	CRL aus der Karibik
	Eduardo	Agentur
	Fernando	Agentur
	Geri	RLin aus Deutschland
	Jorge	Agentur
	María	Rezeption Esperanza
	Raúl	Kombüse Schiff
	Sergio	Barkeeper Schiff

PERSONEN (u. a.)

Adriana	Pepes Cousine
Annika	Mayas 2. Schwester
Arturo	Verwalter Rancho La Paz
Carlos	Annikas Mann
Dario	Tines Bruder
Eduard	Mayas Vater | mein Großvater
Emilia	Lenas Mutter | meine Urgroßmutter
Florián	Freund von Lisa
Hector	meine Sommer- ♡ -Liebe
Ilona	die Erzählerin
Ivan	Pepes Vater | mein Schwiegervater
Jože	Arzt in Izola
Jules	Samus Bruder
Lena	Mayas Mutter | meine Großmutter
Lisa	meine Schwester
Lucas	Freund von Lisa
Malin	Pepes Bruder
Marlon	Lisas Jugend- ♡ -Liebe
Maya	meine Mutter
Milla	Pepes Mutter | meine Schwiegermutter
Nena	Cousine
Nóra	Samus Mutter | meine Großmutter
Paco	Lisas Insel- ♡ -Liebe
Pepe	meine große- ♡ -Liebe
Raquel	Hauswirtschafterin Rancho La Paz
Robin	Lisas Stadt- ♡ -Liebe
Romy	Mayas 1. Schwester
Samu	mein Vater
Sandro	Hausmeister Rancho La Paz
Sebastián	Cousin
Tine	Jugendfreundin
Tom	meine Jugend- ♡ -Liebe
Verona	Cousine
Vincent	Lisas große- ♡ -Liebe
Zoltán	Samus Vater | mein Großvater

BULGARISCH (für Zufallswege)

Чай (*chai*)	Tee
Да (*da*) | Не (*ne*)	Ja | Nein
Добре дошли (*dobre doschli*)	♡-lich Willkommen
Границата (*graniza*)	Grenze
Калотина (*kalotina*)	Grenze BG | YU
Кисело мляко (*kiselo mlyako*)	saure Milch
Луканка (*lukanka*)	bulgarische Salami
Малка маймуна (*malka maimuna*)	Äffchen
Моля? (*molya*)	Bitte?
Наздраве (*nazdrave*)	Prost
Обичам те (*obitscham te*)	Ich liebe dich
Пиво (*pivo*)	Bier
Здравейте (*zdravejte*)	Grüß dich
Златна котва (*zlatna kotva*)	Goldener Anker
Златна рибка (*zlatna ribka*)	Goldener Fisch
Воденицата (*wodenitzata*)	Die Wassermühle
Черно Море (*tscherno more*)	Schwarzes Meer